WISHBOOKS MODERN FANTASY STORY

한지훈 장편소설

에이스가 되자

에이스란 이런 것

에이스가 되자 10

한지훈 장편소설

초판 1쇄 찍은 날 | 2018년 3월 19일
초판 1쇄 펴낸 날 | 2018년 3월 26일

지은이 | 한지훈
펴낸이 | 예경원

기획 | 위시북스
편집책임 | 이규재
편집 | 이즈플러스

펴낸곳 | 예원북스
등록번호 | 제396-2012-000132호
등록일자 | 2012. 7. 25
KFN | 제1-235호

주소 | 경기도 고양시 일산동구 호수로 646-24 위너스21 II 빌딩 206A호 (우)10401
전화 | 031-819-9431 팩스 | 031-817-9432
E-mail | yewonbooks@naver.com

ⓒ한지훈, 2017

ISBN 979-11-6098-872-7 04810
        979-11-6098-231-2 (set)

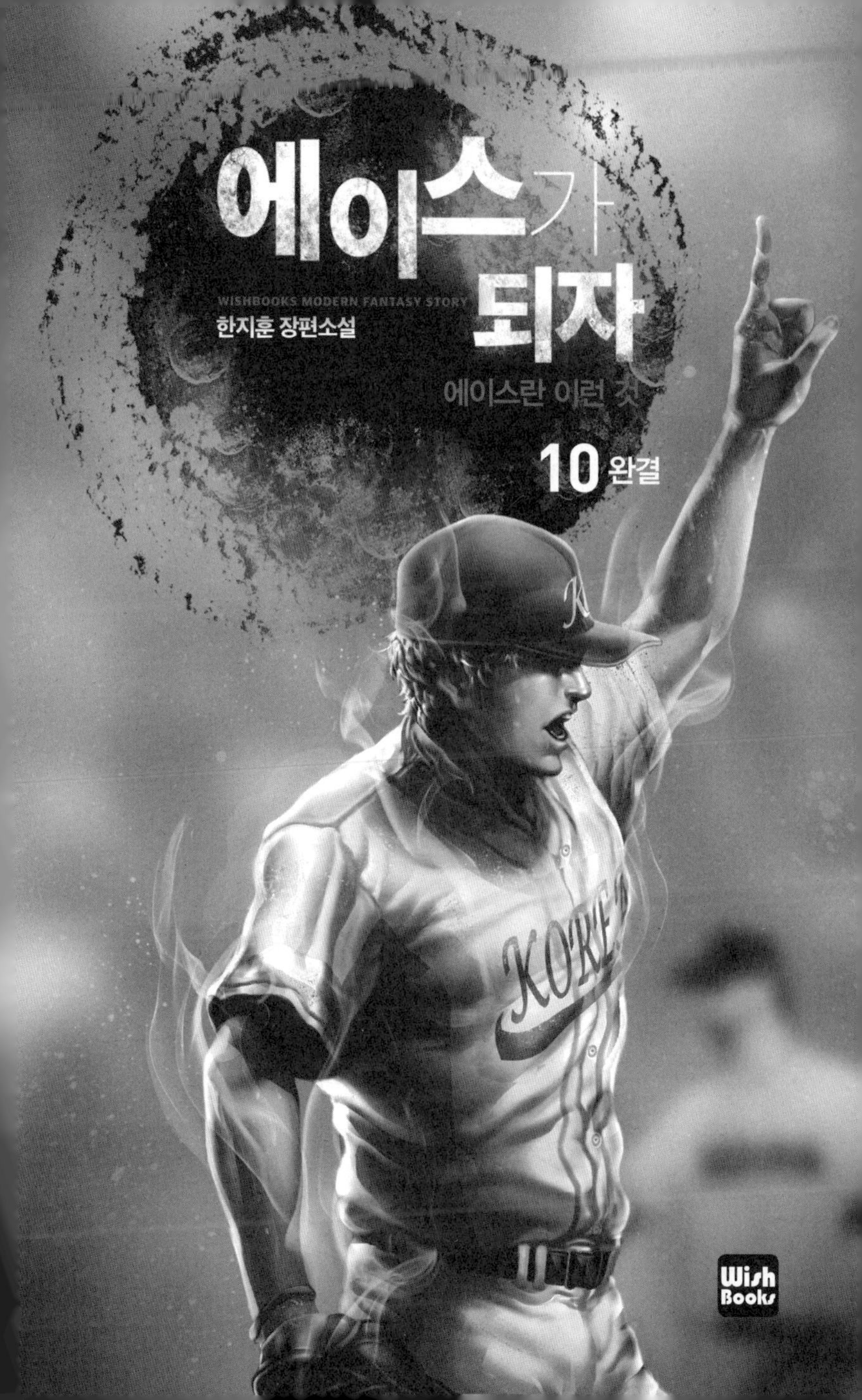
에이스가
되자
WISHBOOKS MODERN FANTASY STORY
한지훈 장편소설
에이스란 이런 것
10 완결
Wish Books

에이스가
되자

CONTENTS

39장
시작이 좋아(1)

1

시범 경기가 진행되는 동안 LA 언론들의 최대 관심사는 단 하나였다.

과연 누가 다저스의 1선발이 될 것인가.

다저스의 사정을 모르는 누군가가 들었다면 다저스의 마운드가 형편없다고 착각할지도 몰랐다. 하지만 정작 다저스는 메이저리그 30개 구단 가운데 가장 먼저 선발 로테이션을 확정했다.

3선발은 마에다 케이타가 차지했다. 다저스에서는 희귀(?)하다는 우완 투수에 일본 프로야구에서 쌓은 경험들이 코칭스태프들에게 상대적으로 높은 평가를 받았다.

마에다 케이타와 3선발 경쟁을 벌였던 류현신은 4선발로 낙점됐다. 시범 경기 성적은 나쁘지 않았지만 좌완 투수라는 점과 부상 이후 꾸준한 관리가 필요하다는 점이 마이너스로 적용됐다.

5선발 자리는 박빙이었다.

작년 힘겹게 선발 로테이션을 소화했던 야디에르 알베스와 재작년 4선발로 시즌을 시작했던 훌리오 유레아스, 해마다 5선발 후보로 꼽히는 로스 스트리플과 신예 데런 맥플러스에 이르기까지 무려 4명의 투수가 경쟁했다.

LA 언론은 우완이라면 로스 스트리플이, 좌완이라면 훌리오 유레아스가 막차를 탈 것이라고 내다봤다.

하지만 최종 승자는 야디에르 알베스였다. 시범 경기에서 다소 부진하긴 했지만 102mile/h(≒164.2㎞/h)까지 구속을 끌어올린 야디에르 알베스에게 다시 한번 기회를 주기로 결정을 내린 것이다.

"이제 슬레이튼 커쇼와 박건호가 서로 자리를 정하는 일만 남았습니다."

"두 선수 모두 시범 경기에 두 경기씩 등판해 무실점 호투를 펼쳤는데요."

"아직 시즌이 시작되지 않았는데도 건은 벌써 103mile/h(≒165.8㎞/h)까지 구속을 끌어올렸습니다. 투심 패스트볼과 커터의 움직임도 작년에 비해 좋아졌고요."

"슬레이튼 커쇼의 커브도 더욱 위력적으로 변했습니다. 시범 경기 동안 커브의 피안타율이 1할도 되지 않습니다."

"커리어를 떠나 시범 경기 성적만 놓고 보자면 둘 중 누구를 1선발로 내세워도 상관없을 것 같습니다."

"최종 결정은 모렐 허샤이저 감독이 내리겠지만 아마 결단을 내리기가 쉽지 않을 것 같습니다."

전문가들조차 1선발 논쟁에서 한발 빼냈다. 그저 모든 공을 모렐 허샤이저 감독에게 넘긴 채 1선발이 확정되기만을 기다렸다.

당초 모렐 허샤이저 감독은 시범 경기 결과를 보고 1선발을 결정하겠다고 말했다.

슬레이튼 커쇼와 박건호, 둘 중 누가 1선발을 맡더라도 이상할 게 없으니 서로 경쟁을 통해 적임자를 가리겠다는 이야기였다.

하지만 슬레이튼 커쇼와 박건호가 시범 경기에서 완벽투를 펼치자 모렐 허샤이저 감독도 머릿속이 복잡해졌다.

"누구에게 1선발 자리를 주는 게 좋을까요?"

모렐 허샤이저 감독이 코치들을 바라봤다. 그러면서 에이스가 아닌 1선발이라는 단어를 명확하게 했다.

메이저리그 구단들 중 절반 가까이가 에이스다운 에이스가 없어서 고민하고 있는 상황이지만 다저스는 그 반대였다.

최강의 원투펀치라는 형용어로도 수식이 부족한 메이저리그 최고의 에이스 투수가 둘이나 존재했다.

슬레이튼 커쇼는 그 누구도 부정할 수 없는 다저스의 영원한 에이스였다.

설사 슬레이튼 커쇼가 전성기를 지났다 하더라도 메이저리그 최고의 투수로 군림하며 다저스를 포스트시즌으로 이끌어왔던 슬레이튼 커쇼의 노력과 헌신을 우습게 여길 사람은 아무도 없었다.

그러나 지난해 보여주었던 압도적인 퍼포먼스만 놓고 보자면 슬레이튼 커쇼보다는 박건호가 에이스에 더 가까운 게 사실이었다.

현재 박건호는 메이저리그가 인정하는 다저스의 새로운 에이스다. 작년 시즌까지만 해도 슬레이튼 커쇼의 뒤를 이을 차세대 에이스라 불렸지만 사이영 상과 MVP를 독식하면서 평가가 달라졌다.

현존하는 메이저리그 최고의 투수.

메이저리그 역사상 최고의 좌완 투수가 될 재목.

한때 슬레이튼 커쇼를 수식했던 말들이 이제는 박건호를 따라다니고 있었다.

그래서 모렐 허샤이저 감독은 코칭스태프와 구단 관계자들에게 에이스라는 호칭을 신중하게 사용해 줄 것을 당부했다.

언론과 인터뷰를 할 때도 가급적이면 에이스'들'이라는 복수 형태를 쓰도록 주문했다. 혹여나 누군가의 말실수로 인해 슬레이튼 커쇼와 박건호가 기분이 상하는 일을 미연에 방지하기 위해서였다.

"일단 시범 경기 성적은 우열을 가리기 어렵습니다. 슬레이튼 커쇼가 두 경기에 등판해 12이닝 6피안타 무실점, 탈삼진 8개를 기록했고 건이 두 경기에 등판해 13이닝 4피안타 무실점, 탈삼진 16개를 잡아냈습니다. 탈삼진만 놓고 보자면 건에게 조금 더 점수를 주고 싶지만 글쎄요. 슬레이튼 커쇼의 안정적인 경기 운영 능력을 고려하면 저는 둘 중 누구에게도 표를 던질 수 없을 것 같습니다."

밥 그린 벤치 코치는 일찌감치 기권을 선언했다.

그는 모렐 허샤이저 감독을 대신해 선수들을 지근에서 챙겨야 하는 입장에서 쓸데없이 입을 놀렸다가 구설수에 오를 생각은 추호도 없었다.

"확실히 경기 운영 능력은 슬레이튼 커쇼가 조금 더 안정적입니다. 건의 투구는 압도적이지만 뭐랄까, 너무 전투적인 느낌이 드는 것도 사실이니까요. 하지만 구위만 놓고 보자면 건이 낫습니다. 시범 경기인데도 16개의 탈삼진을 잡아냈습니다. 그것도 컨디션 조절 중인 상황에서 말입니다."

릭 허니컴 투수 코치도 슬레이튼 커쇼의 노련함과 박건호의 압도적인 구위 중 하나를 선택하기란 쉽지 않다며 슬그머니 발을 뺐다.

밥 그린 코치가 투수 코치라면 모렐 허샤이저 감독이게 확실한 정보를 줘야 한다고 압박했지만 릭 허니컴 코치는 눈 하나 까딱하지 않았다.

투수 파트에서 가장 큰 영향력을 행사하는 밥 그린 코치와 릭 허니컴 코치가 몸을 사리자 다른 코치들도 말을 아꼈다.

혹여나 회의 내용이 외부에 유출되어 슬레이튼 커쇼나 박건호가 들을까 봐 단어 선택조차 조심하는 모습을 보였다.

덕분에 1선발을 정해야 하는 고민은 다시 모렐 허샤이저 감독에게 넘어왔다.

"후우……."

모렐 허샤이저 감독이 길게 한숨을 내쉬었다.

시즌 개막이 열흘 앞으로 다가온 상황에서 아직까지 1선발을 결정하지 못한 구단은 다저스밖에 없었다.

하지만 좀처럼 끝날 것 같지 않았던 1선발 논쟁은 박건호가 마지막 시범 경기 등판에서 실점을 하면서 결론이 났다.

로키스의 3번 타자 노런 아레나도를 상대로 겁도 없이 10구 연속 투심 패스트볼로 승부를 벌이다가 솔로 홈런을 허용하고 만 것이다.

"역시 잘 치네. 노런 아레나도다워."

제법 멀리 뻗어 나간 타구를 돌아보며 박건호가 씩 웃었다. 그러고는 대수롭지 않게 마운드를 골랐다.

비록 홈런을 얻어맞긴 했지만 그 자체에 큰 의미를 부여하진 않았다.

시범 경기고 투심 패스트볼을 테스트하는 과정이었다. 내셔널 리그를 대표하는 강타자 노런 아레나도를 상대로 투심 패스트볼을 연거푸 던졌으니 장타를 얻어맞는 것도 이상할 게 없었다.

실제로 그라운드를 도는 내내 노런 아레나도의 시선은 땅에 처박혀 있었다.

최고 구속 107mile/h(≒172.2㎞/h)의 포심 패스트볼도 아니고 테스트 삼아 던진, 그것도 비슷한 코스에 연거푸 꽂혀 들어온 투심 패스트볼을 겨우 하나 쳐 낸 걸로 기뻐하기에는 그의 자존심이 허락하지 않았다.

어쨌든 마지막 선발 등판에서 박건호가 1실점을 하면서 무실점 호투로 시범 경기를 끝마친 슬레이튼 커쇼가 1선발의 영예를 차지했다.

"작년과 같은 위치에서 시즌을 시작할 수 있어서 기쁩니다. 그리고 그 기회를 양보해 준 건에게 진심으로 고맙다는 말을 전하고 싶습니다."

슬레이튼 커쇼는 선발 순서는 무의미하다며 박건호와 함께 올 시즌도 다저스를 월드시리즈 우승으로 이끌겠다고 선언했다.

박건호도 슬레이튼 커쇼를 도와 다저스의 월드시리즈 2연패를 이뤄내겠다며 화답했다.

시범 경기를 마무리 짓고 하루의 휴식일을 가진 뒤 다저스는 샌디에이고 원정으로 2019시즌을 시작했다.

첫 경기는 다저스의 완승으로 끝이 났다. 에이스의 자존심을 지킨 슬레이튼 커쇼가 8이닝 무실점 피칭을 선보이며 파드리스 타자들을 침묵하게 만들었다.

시범 경기에서 각성했다고 평가받는 파드리스의 에이스 루이스 페르도르가 7이닝 2실점으로 호투했지만 타자들의 득점 부재 속에 패전의 멍에를 써야 했다.

"이제 내 차례인가?"

슬레이튼 커쇼에 이어 2차전 선발 투수로는 박건호가 출격했다.

파드리스의 선발은 크리스티안 프리드.

87년생 좌완 투수로 평균 93mile/h(≒149.7㎞/h) 전후에서 형성되는 포심 패스트볼이 좋다는 평가를 받고 있었다.

지난해 첫 선발 로테이션에 합류한 뒤 9승 7패, 평균 자책점 3.95를 기록한 크리스티안 프리드를 향해 샌디에이고 언론은 올 시즌 2선발 혹은 3선발 자리에서 에이스인 루이스 페르도르를 뒷받침해 줄 것이라고 전망했다.

크리스티안 프리드도 시범 경기에서 수준급 피칭을 선보이며 2선발에 대한 열망을 드러냈다.

그러나 매치업 상대가 박건호로 결정되면서 크리스티안 프리드는 2선발이 된 것을 처음으로 후회했다.

"슬레이튼 커쇼도 부담스러운데 건이라니. 젠장할. 시즌 첫 경기부터 왜 하필 다저스인 거야!"

크리스티안 프리드는 굳은 얼굴로 마운드에 올랐다. 파드리스 타자들이 박건호에게 약하다는 걸 알고 있다 보니 실점을 하지 말아야 한다는 부담감이 양어깨를 짓눌렀다.

'어렵게 승부하자, 어렵게.'

크리스티안 프리드는 정면 승부를 최대한 피했다. 대신 던질 수 있는 모든 종류의 변화구를 던져 다저스 타자들의 방망이를 끌어내기 위해 노력했다.

박건호가 마운드에 올랐으니 다저스 타자들이 선취점을 올리기 위해 조바심을 낼 거라는 걸 역으로 이용했다.

경기 초반까지는 크리스티안 프리드의 계산이 맞아떨어졌다. 3회까지 9명의 타자를 전부 범타로 돌려세우며 퍼펙트 피칭을 이어간 것이다.

하지만 타순이 한 바퀴 돈 이후로는 양상이 달라졌다.

"볼!"

다저스 타자들은 철저하게 유인구를 골라냈다. 명확하게 스트라이크존에 들어오는 게 아니면 건드리지도 않았다.

다행히 구심의 관대한 스트라이크존 덕분에 실점의 위기는 넘겼지만 4회와 5회, 연속 만루 위기를 맞은 크리스티안 프리드의 투구 수는 109구까지 치솟았다.

"젠장할. 5이닝 만에 한계 투구 수를 넘기면 어쩌란 말이야."

에디 그린 감독이 못마땅한 표정을 지었다. 그러자 옆에 서 있던 막스 맥과이어 벤치 코치가 멋쩍게 웃었다.

"그래도 아직까진 무실점이지 않습니까? 크리스티안 프리드로서는 최선을 다한 셈이죠."

전광판 상단에 위치한 다저스의 기록란은 전부 0으로 뒤덮여 있었다. 3개의 안타와 3개의 사사구를 얻어냈지만 단 한 명의 주자도 홈을 밟지 못했다.

하지만 전광판의 기록란을 0으로 채운 건 파드리스도 마찬가지였다.

"그러면 뭐해? 건에게 퍼펙트로 끌려가고 있는데."

에디 그린 감독이 한숨을 내쉬었다.

어제는 슬레이튼 커쇼, 오늘은 박건호.

다저스와 같은 지구라는 사실이 원망스럽기만 했다.

"걱정하지 마십시오. 오늘은 다를 겁니다."

막스 맥과이어 코치가 에디 그린 감독을 달랬다.

농담이 아니라 박건호를 상대하기 위해 모든 타자가 특별
훈련을 자처했을 정도니 6회를 전후로 해서 분명 기회가 찾아
올 것이라고 확신했다.

그러나 에디 그린 감독은 더 이상 막스 맥과이어 코치를 신
뢰하지 않았다. 특히나 박건호를 잡을 수 있다고 떠들어 대는
막스 맥과이어 코치는 멀리하기로 마음을 먹었다.

"막스, 미안한데 오늘은 입 좀 다물어주겠어?"

"……네?"

"그냥 요새 두통이 심해서 그래. 머리가 울리니까 저만치
떨어져 있으라고."

"아, 네……."

막스 맥과이어 코치가 굳은 얼굴로 저만치 자리를 옮겼다.
그러자 그를 대신해 엘런 지터 타격 코치가 에디 그린 감독의
옆에 섰다.

"엘런, 방법을 생각해. 이대로 끌려갈 수는 없다고."

에디 그린 감독은 막스 맥과이어 코치를 대신해 엘런 지터 코치를 닦달했다. 하지만 엘런 지터 코치라고 해서 뾰족한 수가 있을 리 없었다.

"기습 번트라도 걸어볼까요?"

"뭐? 고작 그런 것뿐이야? 다른 거 없어?"

"그, 그렇다면 건의 투구 수를 늘려볼까요?"

"저 녀석 제구력 몰라? 메이저리그 투수들 중에서도 다섯 손가락 안에 든다고. 그런데 무슨 수로 투구 수를 늘려?"

엘런 지터 코치는 머리를 쥐어짜 내며 박건호를 무너뜨릴 수 있는 방법들을 늘어놓았다.

하지만 그때마다 되돌아오는 건 에디 그린 감독의 핀잔이었다.

"하아, 내가 진짜 이 친구들을 믿고 감독을 하고 있다니."

에디 그린 감독이 고개를 절레절레 흔들어 댔다. 엘런 지터 코치를 쥐어짜는 그 순간에도 타자들은 박건호의 위력적인 포심 패스트볼 앞에 연거푸 헛스윙만 하고 있었다.

─라이언 심플, 두 타석 연속 삼진입니다. 건이 시즌 첫 경기부터 압도적인 피칭을 이어가고 있습니다.

─지금까지 퍼펙트 피칭인데요. 피안타와 사사구를 단 하나

도 내주지 않고 삼진만 무려 9개를 잡아냈습니다.

　—14개의 아웃 카운트 중에 무려 64퍼센트가 삼진입니다.

　—솔직히 삼진 페이스가 대단하다고 하긴 어려울 것 같습니다. 건은 지난 월드시리즈에서 한 경기 최다 탈삼진 기록을 갈아치웠으니까요.

　—9이닝 동안 무려 21개의 탈삼진을 잡아냈죠.

　—게다가 월드시리즈 역사상 두 번째 퍼펙트게임까지 달성했습니다.

　—이후에 다른 투수가 월드시리즈에서 또 다른 퍼펙트게임을 달성할지는 모르겠지만 제 생각에 건의 퍼펙트게임이야말로 메이저리그 역사상 최고의 퍼펙트게임으로 기억될 것 같습니다.

　—당연하죠. 바로 그 경기가 다저스의 우승을 확정 짓는 경기였으니까요.

　박건호의 호투에 파드리스 타자들이 무기력한 모습을 보이자 중계진은 아예 해설의 방향을 틀어버렸다.

　박건호가 지난 시즌 얼마나 대단했는지를 열거하며 아웃 카운트가 늘어나는 것만 확인시켜 줬다.

　—건, 6번 타자 자바라 블랙을 3구 삼진으로 잡아내고 이닝

을 끝마칩니다.

－5회까지 탈삼진 10개를 채웠습니다. 매 이닝마다 2개씩 삼진을 잡아낸 꼴인데요.

－건이 파드리스에 강하다는 건 모르는 이들이 없죠. 하지만 파드리스 타자들, 너무나 무기력합니다. 이런 식으로는 올 시즌도 좋은 성적을 기대하기 어려울 것 같습니다.

－다저스 타자들도 이제 집중해야 합니다. 크리스티안 프리드를 열심히 공략했습니다만 아직까지 무득점으로 묶여 있어요.

－그렇다고 너무 서두를 필요는 없을 것 같습니다. 건이 마운드에서 버티고 있는 이상 승리할 가능성은 충분합니다.

－건의 5회까지 투구 수가 51구에 불과하니까요. 이변이 없는 한 오늘 경기 완투까지 기대해 볼 수 있을 것 같습니다.

중계진의 잔소리를 들은 중계 카메라가 다저스 더그아웃 쪽을 비췄다.

때마침 박건호가 4번 타자 에이든 곤잘레스의 방망이를 붙잡고 뭔가 중얼거리고 있었다.

－건, 지금 뭘 하는 걸까요?

－글쎄요. 이번 타석에서도 뭔가 보여주지 않으면 방망이를

빼앗아버리겠어, 뭐 이런 걸까요?

　-하하, 그럴 리가요. 아마 에이든 곤잘레스에게 행운 같은 걸 나눠 준 것 같은 느낌인데 이번 타석 결과를 지켜봐야겠습니다.

　타석에 들어선 에이든 곤잘레스가 씩 웃었다. 그러고는 바뀐 투수 라이언 부츠의 초구를 받아쳐 좌중간을 꿰뚫는 안타를 때려냈다.

　가볍게 1루를 밟은 에이든 곤잘레스가 박건호에게 손가락총을 쏘았다. 박건호도 잘했다며 에이든 곤잘레스에게 엄지손가락을 들어 올려 보였다.

　-에이스와 4번 타자가 서로를 향해 메시지를 주고받고 있습니다. 보기 좋은데요.

　-건은 올해로 스무 살인 메이저리그 3년 차 투수인데요. 선수들과 어울리는 걸 보면 10년 차 프랜차이즈 스타를 보는 듯합니다.

　-이제 작년도 내셔널 리그 신인왕인 안의 타석입니다.

　-안, 앞선 타석까지 5타수 무안타로 침묵하고 있는데요. 이제 시즌 첫 안타를 신고할 때가 된 것 같습니다.

중계 카메라가 안승혁을 비췄다. 왼쪽 타석에 들어선 안승혁은 천천히 숨을 고르며 좌완 투수 라이언 부츠의 초구를 기다렸다.

"땅볼은 안 돼. 무조건 멀리 쳐야 해."

안승혁은 병살타를 철저하게 경계했다. 그래서 연거푸 들어오는 낮은 코스의 공들을 전부 걸러냈다.

"젠장할. 왜 꿈쩍도 안 하는 거야?"

라이언 부츠가 못마땅한 얼굴로 안승혁을 노려봤다. 스트라이크존 근처로 최대한 공을 밀어넣고 있는데도 안승혁의 방망이는 미동조차 하지 않고 있었다.

그 과정에서 볼카운트가 원 스트라이크 투 볼로 몰렸다. 그런데도 포수 크리스티안 베탄코스는 바깥쪽으로 흘러 나가는 낮은 코스의 체인지업을 요구했다.

"유인구는 안 돼. 일단 스트라이크를 잡아야 해."

라이언 부츠가 단호하게 고개를 저었다. 그리고 몸 쪽 포심 패스트볼 사인이 나오자 비로소 투구 동작을 취했다.

"후우……."

길게 숨을 내쉬며 1루를 힐끔 바라본 라이언 부츠가 빠르게 투수판을 박차고 나갔다.

후앗!

라이언 부츠의 손끝을 빠져나간 공이 몸 쪽으로 바짝 붙어

들어왔다. 그러자 안승혁이 기다렸다는 듯 방망이를 빠르게 내돌렸다.

따악!

방망이 안쪽에 걸린 듯 타구는 멀리 뻗지 못했다.

하지만 안승혁의 장타력을 의식해 펜스 근처에서 수비하고 있던 우익수 자바라 블랙을 당황하게 만들기에는 충분한 비거리였다.

"젠장할!"

에이든 곤잘레스에 이어 안승혁까지 안타를 치고 나가자 라이언 부츠가 욕지거리를 내뱉었다.

그리고 거의 동시에 에디 그린 감독도 더그아웃 난간을 힘껏 내려쳤다.

"빌어먹을! 왜 자꾸 저런 게 안타가 되는 거야!"

경기를 치르다 보면 텍사스성 안타가 한두 개쯤은 나오게 마련이었다. 그리고 그 텍사스성 안타가 어느 쪽에서 나오느냐에 따라 승부가 갈리는 경우가 많았다.

"투수 바꿔. 빨리 바꾸라고!"

에디 그린 감독이 데런 바셀리 투수 코치를 향해 소리쳤다.

"알겠습니다."

데런 바셀리 코치가 에디 그린 감독을 대신해 마운드에 올라 라이언 부츠를 강판시켰다. 그리고 우완 투수인 닉 반센트에게 공을 넘겨주었다.

"닉, 잘 들어. 이제 저스트 터너라고. 힘 있게 잡아당기는 스타일이니까 공을 낮게 제구해. 내 말 무슨 뜻인지 알지?"

"걱정 말아요. 코치. 확실하게 땅볼을 유도할 테니까."

닉 반센트가 자신만만한 얼굴로 말했다.

무사 1, 2루이긴 하지만 2루 주자 에이든 곤잘레스와 1루 주자 안승혁이 걸음이 느린 만큼 땅볼만 유도하면 충분히 더블플레이를 잡아낼 수 있다고 여겼다.

그러나 저스트 터너도 바보는 아니었다.

"어차피 한 점만 뽑으면 되는 거잖아? 그렇다면 확실한 게 좋겠지."

저스트 터너는 초구 바깥쪽 포심 패스트볼을 그대로 흘려보냈다. 그리고 2구째 들어온 몸 쪽 낮은 코스의 체인지업에 번트를 대 3루 쪽으로 돌려놓았다.

"젠장할!"

정상 수비를 하고 있던 3루수 얀게르비스 솔라테가 타구를 잡았을 때는 이미 에이든 곤잘레스와 안승혁이 진루를 마친 상태였다.

얀게르비스 솔라테는 1루에 공을 던져 타자 주자 저스트 터너만 아웃시켰다. 그렇게 무사 1, 2루가 1사 2, 3루로 바뀌었다.

그러자 에디 그린 감독이 곧바로 사인을 냈다.

고의사구.

8번 타자가 타격이 약한 오스틴 번인 만큼 1루를 채워놓고 승부를 보자는 이야기였다.

덕분에 7번 타자 엔리 에르난데스는 고생 하나 하지 않고 1루 베이스를 밟게 됐다.

그리고 1사 만루 상황에서 오스틴 번의 차례가 돌아왔다.

"오스틴, 땅볼을 쳐도 좋으니까 맘껏 휘둘러. 알았지?"

박건호가 더그아웃 앞까지 나와 오스틴 번을 독려했다. 여기서 선취점이 난다면 좋겠지만 설사 오스틴 번이 병살타를 치더라도 개의치 않을 생각이었다.

그러나 안승혁이 안타를 때려내면서 다저스 주전 타자들 중 유일하게 무안타 타자가 된 오스틴 번은 이 기회를 놓치고 싶지 않았다.

'분명 땅볼을 유도하려고 할 거야. 그렇다면 차라리 번트를 대자.'

오스틴 번은 방망이를 살짝 짧게 잡았다. 그리고 초구가 들어오기가 무섭게 몸을 낮춰 방망이를 밀어냈다.

따악!

방망이 윗부분에 걸린 타구가 제법 높게 떠올랐다. 그 타구를 향해 브랜드 핸드와 1루수 윌 마이스가 달려들었다.

하지만 둘 사이에 절묘하게 떨어진 타구는 내야 안타로 연결됐다. 윌 마이스가 공을 잡았을 때는 이미 오스틴 번이 1루 베이스를 밟은 뒤였다.

　－오스틴 번! 세이프! 기민한 플레이로 팀에 선취점을 안깁니다.

　－작심하고 푸시 번트를 댔는데요. 타구가 살짝 떴지만 투수와 1루수 사이에 떨어지면서 절묘한 안타를 만들어냈습니다.

　－죽어도 좋으니 3루 주자를 홈에 불러들이겠다는 계산이었을까요?

　－그것보다는 더블플레이를 노리기 위해 자리를 잡은 내야수들의 움직임을 보고 일부러 번트를 댄 게 아닐까 싶습니다.

　－어쨌든 오스틴 번이 번트 안타를 성공시키면서 0의 균형이 깨졌습니다. 스코어 1 대 0. 다저스가 한 점 리드해 나갑니다.

　－이제 건의 타석입니다. LA 언론과의 인터뷰에서 실버 슬러거에 대한 욕심을 드러냈는데요.

　－하지만 브랜드 핸드도 투수를 상대로 더 이상 점수를 내주고 싶진 않을 겁니다.

관중석을 훑던 중계 카메라가 타석을 비췄다. 어느새 오른쪽 타석에 들어선 박건호가 야무진 얼굴로 방망이를 들고 있었다.

-건, 이번 시범 경기 때 6타석에 들어서 2개의 안타를 때려 냈는데요. 타율이 무려 0.333입니다.

-하지만 작년에는 1할에도 미치지 못하는 타율을 기록했죠.

-포심 패스트볼은 제법 잘 공략했지만 변화구에 약했죠.

-브랜드 핸드가 그 사실을 파악했다면 변화구로 카운트를 잡고 들어갈 것 같은데요.

중계진의 이야기를 듣기라도 한 듯 브랜드 핸드는 초구 각이 큰 커브에 이어 2구째 날카로운 슬라이더를 던져 박건호의 방망이를 이끌어 냈다.

하지만 박건호는 당황하지 않았다. 느긋하게 숨을 고른 뒤 방망이를 조금 짧게 움켜쥐고 타석에 들어섰다.

"투 스트라이크를 잡았으니까 분명 빠른 공이 하나 들어올 거야."

박건호는 내심 몸 쪽으로 포심 패스트볼이 들어오길 바랐다.

때마침 크리스티안 베탄코스도 몸 쪽 높은 코스의 포심 패스트볼을 요구했다.

"허, 유인구라니. 베탄코스, 장난하지 마. 상대는 건이라고."

브랜드 핸드는 고개를 흔드는 대신 크리스티안 베탄코스의 미트보다 포구점을 낮췄다.

몸 쪽 꽉 차는 포심 패스트볼.

커브에 놀라고 슬라이더에 정신이 팔린 박건호라면 꼼짝없이 당할 거라 확신했다.

"후우……."

길게 숨을 고른 뒤 브랜드 핸드가 빠르게 투수판을 박차고 나갔다.

후앗!

브랜드 핸드의 손끝을 빠져나간 공이 몸 쪽 꽉 찬 코스로 날아들었다.

그 순간.

따악!

박건호가 망설이지 않고 방망이를 내돌렸다.

"윽!"

순간 박건호의 얼굴이 일그러졌다. 타이밍이 어긋났던지 방망이를 타고 전해지는 울림이 상당했다.

하지만 더블플레이를 대비해 수비 포메이션을 가져갔던 파드리스 내야진이 3유간을 제법 넓게 비워놓은 덕분에 데굴데굴 굴러가던 타구가 내야를 빠져 나가 버렸다.

"빠졌어! 돌아!"

3루 코치 크리스 우드가 부지런히 팔을 내돌렸다. 그사이 3루 주자 에이든 곤잘레스는 물론이고 2루 주자 안승혁까지 홈으로 내달렸다.

"홈! 홈으로!"

한참을 뛰어 내려와 타구를 잡은 좌익수 알렉스 디커슨이 곧바로 홈 플레이트를 향해 공을 던졌다.

"크아아아!"

대기 타석에 있던 잭 피터슨이 서두르라는 신호를 보내자 안승혁이 젖 먹던 힘까지 끌어냈다. 그러고는 홈 플레이트를 향해 몸을 내던졌다.

촤라랏!

안승혁의 왼팔이 홈 플레이트를 쓸고 지났다. 그와 동시에 크리스티안 베탄코스가 미트로 안승혁을 태그했다.

타이밍만 놓고 보자면 아웃이었다. 하지만 애석하게도 크리스티안 베탄코스의 미트 속에는 공이 없었다.

"빠졌어! 뛰어!"

크리스티안 베탄코스가 홈 송구를 놓치면서 주자들은 한

베이스를 더 진루했다. 오스틴 번은 허겁지겁 3루에 도착했다. 박건호도 모처럼 만에 2루를 밟았다.

"와, 2루 베이스가 이렇게 생겼구나."

박건호가 2루 베이스를 꾹꾹 밟아대며 중얼거렸다. 그러자 유격수 루이스 사다스가 헛웃음을 터뜨렸다.

"뭐야, 건. 2루 베이스 처음 보는 거야?"

"시합 중에는 이번이 세 번째인가?"

"뭐? 정말?"

"뭐야, 그 표정은. 너 다음 타석 때 두고 봐."

박건호가 살짝 눈을 흘기자 루이스 사다스가 냉큼 두 손을 들어 보였다. 그러고는 박건호의 엉덩이를 툭 치며 말했다.

"실투는 바라지도 않으니까 제발 3구 삼진은 좀 봐줘라."

작년까지만 해도 박건호는 미리미리 기를 꺾어놓아야 할 지구 라이벌 다저스의 신인 투수였다.

하지만 사이영 상과 MVP를 수상한 지금은 달랐다. 파드리스의 주전 유격수 자리를 꿰찬 루이스 사다스도 박건호를 라이벌 구단 선수이기 이전에 메이저리그의 주축 선수로 인정했다.

"빨리 치고 죽어. 그럼 되잖아."

박건호가 피식 웃으며 전광판을 돌아봤다.

스코어는 3 대 0.

조금 전에 때려낸 짧은 안타로 인해 두 점이 더 벌어져 있었다.

"작, 칠 거면 큰 걸 치라고. 알았지?"

박건호의 시선이 다시 타석에 들어선 작 피터슨에게 향했다.

그 말을 듣기라도 한 듯.

따악!

작 피터슨은 브랜드 핸드의 초구를 잡아당겨 펜스를 직격하는 2루타를 때려냈다.

"좋아, 좋아."

타구를 확인한 박건호는 무리하지 않고 3루를 돌아 홈으로 들어왔다.

"잘했어, 건!"

"나이스 안타!"

더그아웃으로 들어오는 박건호를 다저스 선수들이 전부 나와 반겨주었다.

"건, 물 좀 마셔."

슬레이튼 커쇼가 미리 꺼내둔 이온 음료를 박건호에게 내밀었다.

"자, 여기 수건."

류현신도 질세라 박건호의 어깨에 수건을 걸쳐주었다.

"심호흡 좀 해. 최대한 시간을 끌 테니까."

코일 시거가 대기 타석으로 들어가며 말했다.

"그렇다고 삼진은 먹지 마."

박건호가 피식 웃으며 수건으로 땀을 닦았다.

작 피터슨의 2타점 적시타가 터지며 스코어는 5 대 0까지 벌어졌다. 게다가 무사에 주자가 2루에 있었다.

분위기가 완전히 넘어왔으니 어지간한 타자들이라면 장타에 욕심을 내는 게 당연했다.

그러나 타석에 들어선 마이클 리드는 욕심을 부리지 않았다.

바뀐 투수 케빈 퀘켄버시의 유인구를 잘 걸러낸 뒤 5구까지 던지게 만들며 진루타를 때려냈다.

3번 타자 코일 시거도 마찬가지였다. 박건호에게 숨 돌릴 시간을 벌어주려는 듯 평소보다 느긋하게 타격을 준비하며 케빈 퀘켄버시의 공을 지켜보았다.

그것으로도 모자라 5구째 바깥쪽 포심 패스트볼을 공략해 좌익수 쪽에 큼지막한 희생플라이를 때려냈다.

─작 피터슨, 홈을 밟습니다. 스코어 6 대 0. 다저스가 승기를 굳혀 갑니다.

─파드리스 팬들은 동의하지 않을지도 모르겠지만 파드리

스가 오늘 경기를 뒤집기란 쉽지 않을 것 같습니다.

2사 주자 없는 가운데 타석에 들어선 에이든 곤잘레스도 풀 카운트 접전 끝에 우익수 플라이로 물러나며 박건호의 휴식 시간을 늘려 주었다. 덕분에 박건호도 마운드에 올라가 호투를 이어갈 수 있었다.

6회 말 선두 타자로 들어온 7번 타자 루이스 사다스는 2루수 땅볼로 아웃됐다.

박건호의 조언대로 2구째 들어온 몸 쪽 포심 패스트볼을 작심하고 휘둘러 봤지만 구위에 먹힌 타구는 내야를 벗어나지 못했다.

8번 타자 크리스티안 베탄코스는 루이스 사다스를 대신해 3구 삼진으로 물러났다.

타석에 들어선 투수 케빈 쿼켄버시도 공 세 개에 연거푸 헛스윙만 하고는 고개를 흔들어 댔다.

7회 초 다저스의 공격은 삼자범퇴로 끝이 났다.

안승혁과 저스트 터너가 때려낸 큼직한 타구는 연거푸 중견수 트레비스 얀키우스키의 글러브에 잡혔고 엔리 에르난데스의 3루 쪽 강습 타구도 3루수 얀게르비스 솔라테의 굳건한 수비를 뚫지 못했다.

"집중해. 이제 마지막 기회라고. 어떻게든 출루해야 해. 알앉어?"

에디 그린 감독은 테이블 세터인 트레비스 얀키우스키와 얀게르비스 솔라테를 붙잡아놓고 신신당부를 했다.

1번 타순부터 시작되는 7회 말 공격에서 반격의 실마리를 잡지 못한다면 오늘 경기도 이대로 허무하게 내줄 공산이 컸다.

"걱정 마요, 감독님. 어떻게든 살아 나가볼게요."

1번 타자 트레비스 얀키우스키가 입술을 질근 깨물며 타석에 들어섰다. 그리고 박건호가 초구를 던지기가 무섭게 번트를 대고는 1루를 향해 내달렸다.

하지만.

"어딜!"

기습 번트를 미리 예상하고 베이스 라인에서 수비하고 있던 3루수 저스트 터너가 재빨리 달려와 타구를 건져내면서 박건호의 퍼펙트를 깨겠다는 트레비스 얀키우스키의 계획은 수포로 돌아갔다.

─저스트 터너, 마치 육상 선수처럼 뛰어들어 와 타구를 처리했습니다.

─지난 월드시리즈 2차전 때 결정적인 실책을 범하면서 건의 퍼펙트게임을 날려 버렸는데요.

-만약 그때 그 타구를 처리했다면 건은 메이저리그 역사상 최초로 월드시리즈 2경기 연속 퍼펙트 피처가 됐을 겁니다.

-어쨌든 이제 아웃 카운트가 여덟 개밖에 남지 않았습니다.

-대기록의 사나이 건. 파드리스와의 시즌 첫 경기부터 또다시 대기록을 기대하게 만들고 있는데요.

-일단 중심 타선이 등장하는 8회까지는 지켜볼 필요가 있을 것 같습니다. 하지만 파드리스, 건을 상대로 할 수 있는 게 기습 번트뿐이라면 곤란합니다. 그런 식으로는 건을 흔들 수가 없을 겁니다.

-작년에 건을 상대로 시도된 기습 번트가 54회였는데요. 그중 성공한 건 단 2번뿐입니다. 확률로 따지면 4퍼센트가 되지 않는데요.

-파드리스 타자들도 건을 상대로 여러 차례 기습 번트를 시도했지만 단 한 번도 성공시키지 못했습니다. 그 사실을 누군가 빨리 에디 그린 감독에게 알려줄 필요가 있을 것 같습니다.

중계진의 말을 들은 중계 카메라가 파드리스 더그아웃을 비췄다. 에디 그린 감독은 타석에 들어서려는 2번 타자 얀게 르비스 솔라테를 붙잡고 또다시 뭔가를 지시하고 있었다.

－과연 무슨 이야기를 하는 걸까요? 설마 또다시 기습 번트를 주문하는 걸까요?

－어쩌면 그 반대일지도 모릅니다. 트레비스 얀키우스키의 번트로 인해 다저스 내야진들이 조금 당겨졌으니까요. 그 틈을 노리라고 조언했을지도 모르죠.

얀게르비스 솔라테가 천천히 타석에 들어섰다. 그리고 박건호의 공을 어떻게든 내야 밖으로 넘겨 버리겠다는 것처럼 방망이를 단단히 움켜 들었다.

하지만 오스틴 번은 얀게르비스 솔라테의 연기에 속지 않았다.

'평소보다 타격 위치가 앞쪽이야. 또 번트인가 본데 어림없지.'

오스틴 번이 저스트 터너에게 조심하라는 신호를 보냈다. 저스트 터너도 글러브를 까닥거린 뒤 홈 플레이트로 뛰어 들어갈 준비를 했다.

박건호도 기습 번트를 대 보라며 일부러 몸 쪽에 꽉 차는 포심 패스트볼을 내던졌다. 그런 줄도 모르고 얀게르비스 솔라테는 공이 날아들기가 무섭게 방망이를 내밀었다.

따악!

방망이 중심에 걸린 타구가 3루 파울라인을 타고 굴러갔다.

코스가 제법 아슬아슬했지만 이번에도 때맞춰 달려들어 온 저스트 터너의 글러브에 잡히고 말았다.

　-아아, 얀게르비스 솔라테. 무모한 기습 번트였습니다.
　-저스트 터너가 준비하고 있었는데요. 3루 쪽으로 타구를 보내고 말았습니다.
　-차라리 1루 쪽으로 번트를 대면 어땠나 하는 생각이 드는데요.
　-그래도 결과는 크게 달라지지 않았을 겁니다. 건의 수비 능력은 좋으니까요. 백업 플레이에도 능하니 지금처럼 아웃 카운트만 선물하는 꼴이 됐을 겁니다.
　-어쨌든 경기 종료까지 7개의 아웃 카운트만 남겨놓고 있습니다. 이제 3번 타자 알렉스 디커슨의 차례인데요.
　-알렉스 디커슨, 지난해에 이어 앞선 두 타석에서도 건의 공을 제대로 공략하지 못하고 있는데요. 이번에는 다른 결과를 만들어낼 수 있을지 지켜보겠습니다.

　파드리스 팬들로부터 집단 항의라도 받은 듯 중계진은 영혼 없는 목소리로 아직 경기가 끝나지 않았다고 말했다.
　그리고 2사 이후이긴 하지만 장타력이 있는 중심 타순으로 연결되는 만큼 예상하지 못한 결과가 나올지도 모른다고 덧붙였다.

'욕심부리지 말자. 장타는 필요 없어. 일단 퍼펙트부터 깨야 해.'

타석에 들어선 알렉스 디커슨이 길게 숨을 골랐다. 그리고 평소보다 방망이를 손바닥 한 개 정도 짧게 움켜쥐었다. 박건호의 몸 쪽 포심 패스트볼에 대응하기 위한 나름의 대비책을 가지고 나온 것이다.

그러나 눈썰미 좋은 오스틴 번은 알렉스 디커슨이 바라는 대로 몸 쪽 승부를 걸어줄 생각이 없었다.

'몸 쪽은 자신 있다 이거지? 그럼 바깥쪽은 어떨까?'

오스틴 번이 초구에 바깥쪽 포심 패스트볼 사인을 냈다.

퍼엉!

박건호는 오스틴 번의 미트를 향해 정확하게 공을 찔러 넣었다.

전광판에 찍힌 구속은 무려 104mile/h(≒167.3㎞/h).

지금이 7회 말이라는 사실을 무색하게 만드는 속도였다.

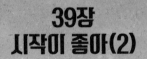

39장
시작이 좋아(2)

"후우……."

알렉스 디커슨이 고개를 흔들어 댔다.

바깥쪽 낮은 스트라이크.

좌타자를 향해 좌투수가 던질 수 있는 가장 까다로운 공이 들어왔다. 게다가 구속마저 어마어마했다. 박건호가 지금껏 60개가 넘는 공을 던졌다는 게 믿기지 않을 정도였다.

투구 수는 말 그대로 심판의 사인 이후에 던지는 실제 투구 수만 계산되었다.

경기 전 불펜 피칭과 이닝 교체 때 던지는 연습 투구까지 더하면 박건호의 투구 수는 150구 이상이라고 봐야 했다. 그런데도 전광판에는 104mile/h(≒167.3㎞/h)이라는 숫자가 찍혔다.

심지어 타석에서 느낀 실제 체감 속도는 전광판 구속보다도 빨랐다.

숫자만 104mile/h인 100mile/h 전후의 체감 속도를 가진 공이라면 어떻게든 방망이를 내돌려 봤겠지만 104mile/h보다 더 빠르게 느껴지는 공 앞에서는 알렉스 디커슨도 도저히 반응을 할 수가 없었다.

'흔들리지 말자. 정신 바짝 차리지 않으면 건의 퍼펙트를 끊을 수가 없어.'

알렉스 디커슨이 애써 숨을 골랐다.

경기 후반이고 퍼펙트 상황이었다. 박건호가 계속해서 고도의 집중력을 유지하기란 쉽지 않을 터. 실투가 들어올 확률이 높다고 여겼다.

그러나 경기 후반에도 104mile/h의 빠른 공을 던지는 박건호에게 실투가 들어오길 기다린다는 건 무의미한 짓이었다.

퍼엉!

총알처럼 날아든 공이 또다시 바깥쪽 낮은 코스를 파고들었다. 알렉스 디커슨도 눈에 익은 코스로 공이 들어오자 어깨를 움찔했지만 차마 방망이를 내밀진 못했다.

"스트라이크!"

매정한 구심은 알렉스 디커슨을 더욱 궁지에 몰아넣었다.

투 스트라이크 노 볼.

100mile/h(≒160.9㎞/h)을 상회하는 위력적인 포심 패스트볼을 구사하는 좌완 투수에게 선기를 빼앗긴 상황에서 알렉스 디커슨이 할 수 있는 건 아무것도 없었다.

후앗!

박건호의 손끝을 빠져나간 공이 큰 포물선을 그리며 안쪽을 파고들었다.

'커브.'

알렉스 디커슨의 머리는 공의 구종을 정확하게 파악해 냈다.

하지만 포심 패스트볼 타이밍에 반응한 몸은 대처가 느렸다. 뇌가 멈추라는 지시를 내렸을 때는 이미 방망이 헤드가 홈 플레이트를 반쯤 지나친 뒤였다.

"크으윽!"

알렉스 디커슨이 이를 악물며 몸을 비틀었다. 그 노력 덕분인지 홈 플레이트 앞에서 방망이를 가까스로 멈춰 세우는 데 성공할 수 있었다.

그러나 애석하게도 빠졌다 싶었던 공은 그대로 스트라이크 존을 통과해 버렸다.

"스트라이크, 아웃!"

구심이 기다릴 것도 없다며 오른팔을 내둘렀다.

툭.

오스틴 번이 홈 플레이트 앞쪽에 공을 굴리고는 더그아웃
쪽으로 몸을 돌렸다.

-건! 건! 거어어언! 오늘 경기 13번째 탈삼진을 잡아냅
니다!

-3번 타자 알렉스 디커슨을 3구 삼진으로 돌려세웠습니다!

-초구와 2구, 바깥쪽 빠른 공을 던져 카운트를 잡고 3구째
느린 커브를 선택했는데요.

-몸 쪽으로 정직하게 들어가는 공이었습니다만 알렉스 디
커슨은 전혀 대응하지 못했습니다.

-이제 경기 종료까지 남은 아웃 카운트는 단 6개뿐인데요.

-다저스가 건의 체력 관리를 위해 투수를 바꾸지는 않
겠죠?

-하하. 그럴 리가요. 7회가 끝난 시점에서 건의 투구 수는
64구밖에 되지 않습니다.

-64구요? 와우, 한 이닝당 9개 정도밖에 공을 던지지 않았
다는 소린데요.

-이 추세대로 공을 던져 100구를 채우려면 11회까지는 던
져야 할 것 같습니다.

공수가 바뀐 가운데 8번 타자 오스틴 번이 타석에 들어

섰다.

마운드는 여전히 케빈 쿼켄버시가 지켰다.

투구 수가 30구에 가까웠지만 에디 그린 감독은 더 이상 투수를 바꾸지 않았다. 오늘 경기를 잡기란 글렀다고 판단한 것이다.

"하위 타선이야. 가볍게 처리하고 끝내자고."

케빈 쿼켄버시는 마운드 위에서 스스로를 독려했다. 경쟁에서 밀려 패전 처리 투수로 전락하긴 했지만 이번 이닝만 잘 막아낸다면 보직이 달라질 수도 있다고 기대했다.

"이런 녀석에게 안타를 맞을 순 없지."

케빈 쿼켄버시는 선두 타자 오스틴 번을 상대로 공격적인 투구를 펼쳤다.

초구는 몸 쪽을 찌르는 포심 패스트볼.

2구는 다시 몸 쪽을 파고드는 슬라이더.

오스틴 번은 공 두 개를 그냥 지켜만 봤다. 바깥쪽을 노리기라도 한 것처럼 전혀 대응하지 못했다.

'하나 정도는 더 던져도 되겠어.'

오스틴 번을 힐끔 바라본 크리스타인 베탄코스가 다시 몸 쪽 포심 패스트볼을 요구했다.

케빈 쿼켄버시는 망설이지 않고 오스틴 번의 몸 쪽에 포심 패스트볼을 밀어 넣었다. 그 공을 오스틴 번이 망설이지 않고 잡아당겼다.

따악!

방망이 안쪽에 걸린 타구가 홈 플레이트 끝부분을 맞고 높이 튀어 올랐다. 그러자 다저스 더그아웃에서 선수들의 고함이 터져 나왔다.

"안타야! 안타!"

"뛰어! 오스틴!"

오스틴 번은 이를 악물고 1루로 내달렸다.

3루수 얀게르비스 솔라테가 바운드를 맞춰 타구를 처리했지만 그때는 이미 오스틴 번의 발이 1루 베이스에 닿은 뒤였다.

－오스틴 번, 행운의 내야 안타를 만들어냅니다!

－홈 플레이트에 타구가 맞고 높게 튀어 올랐는데요. 이건 얀게르비스 솔라테도 어쩔 수 없었습니다.

－무사 1루 상황에서 건이 타석에 들어서는데요.

－오늘 3타수 1안타. 앞선 타석에서 2타점 적시타를 때려냈습니다.

－현재까지 타율은 0.333입니다. 첫 타석 땐 투수 앞 땅볼을 기록했고 두 번째 타석 때는 유격수 땅볼을 쳤습니다. 세 번째 타석에서 바뀐 투수 브랜드 핸드를 상대로 3유간을 빠지

는 안타를 때려냈습니다.

ㅡ일단 지금까지의 타율은 시범 경기와 정확하게 일치하고 있는데요. 건이 여기서 다시 한번 안타를 때려낼 수 있을지 기대해 봐야겠습니다.

중계진은 투수 박건호의 대기록만큼이나 타자 박건호의 활약을 기대하는 눈치였다. 하지만 정작 박건호는 마음을 비웠다.

"진루타만 치자."

앞선 타석에서 시즌 첫 안타와 첫 타점을 동시에 기록했으니 더 이상의 욕심은 없었다. 그저 병살타만 치지 않기를 바랐다.

하지만 오스틴 번에게 안타를 얻어맞고 흥분한 케빈 쿼켄버시는 거의 한복판에 포심 패스트볼을 내던지며 박건호를 자극했다.

"뭐야, 해보자는 거야?"

타석에서 한발 물러난 박건호가 케빈 쿼켄버시를 노려봤다. 그러자 케빈 쿼켄버시도 지지 않고 눈을 부라렸다.

ㅡ초구는 한복판으로 들어오는 스트라이크였습니다.

ㅡ케빈 쿼켄버시, 앞서 타석에 들어섰을 땐 건에게 3구 삼

진을 당했는데요.

　-공 3개가 거의 다 한가운데로 형성되는 포심 패스트볼이었죠. 그리고 케빈 쿼켄버시는 전부 헛스윙을 한 것으로 기억합니다.

　-케빈 쿼켄버시가 자신이 당했던 걸 건에게 그대로 되돌려 주려는 걸까요?

　-글쎄요. 1사에 주자가 없는 상황이라면 또 모르겠지만 무사 주자 1루 상황에서 굳이 위험한 승부를 걸 필요가 있을지 의문입니다.

　-만약 2구도 한복판으로 포심 패스트볼이 들어온다면 건이 그냥 넘기지 않을 것 같은데요.

　-케빈 쿼켄버시가 어떤 공을 던질지 지켜봐야 할 것 같습니다.

　중계진이 숨을 죽인 사이 케빈 쿼켄버시가 왼 다리를 차올렸다. 그리고 그대로 투수판을 박차고 나갔다.

　후앗!

　케빈 쿼켄버시의 손끝을 빠져나간 공이 또다시 한복판으로 날아들었다. 초구보다는 조금 몸 쪽으로 몰린 공이었지만 이정도면 한가운데를 겨냥하고 던졌다고 봐도 무방해 보였다.

　'젠장. 이러면 치지 않을 수가 없잖아!'

박건호는 이를 악물고 방망이를 내돌렸다. 타이밍이 살짝 늦긴 했지만 한복판으로 들어오는 포심 패스트볼을 2개 연속으로 놓치고 싶진 않았다.

따악!

먹힌 타구가 빠르게 마운드 옆쪽으로 굴러왔다.

"내가 잡을게!"

케빈 쿼켄버시는 무너지는 몸을 일으키며 타구를 쫓았다. 그대로 타구를 받아내기만 한다면 더블플레이를 완성시킬 수 있을 것 같았다.

하지만 마운드 앞쪽에서 타구가 튀어 오르면서 케빈 쿼켄버시는 단번에 포구를 해내지 못했다.

"1루! 1루로!"

"젠장할!"

공을 두 번이나 더듬은 케빈 쿼켄버시가 어쩔 수 없이 타자 주자인 박건호를 잡는 데 만족할 수밖에 없었다.

"잘했어! 건!"

"좋은 진루타였어!"

다저스 선수들은 한목소리로 박건호를 독려했다. 박건호가 아쉬워하자 안승혁은 타격까지 잘하는 건 욕심이라고 말했다.

"이만하면 충분해. 더 이상 안타를 치면 곤란하다고."

"너까지 내 실버 슬러거 수상을 방해할 셈이냐."

"실버 슬러거는 단타보다 장타가 유리하다고. 일단 홈런부터 하나 때리고 말해라."

"쳇, 투수한테 홈런을 요구하는 건 너무한 거 아냐?"

박건호가 수건으로 가볍게 땀을 닦았다.

그사이 타석에 들어선 작 피터슨이 케빈 쿼켄버시의 초구를 잡아당겨 우익수 앞에 떨어지는 안타를 때려냈다.

"뛰어! 뛰어!"

크리스 우드 3루 코치의 사인을 받은 오스틴 번은 3루를 지나 홈까지 내달렸다. 우익수 자바라 블랙이 곧바로 홈으로 공을 내던졌지만 방향이 크게 빗나가면서 오스틴 번이 홈 플레이트를 밟는 걸 막지 못했다.

"후우······. 바꾸라고."

7 대 0으로 변한 전광판을 바라보며 에디 그린 감독이 무겁게 한숨을 내쉬었다. 가능하면 오늘 경기를 케빈 쿼켄버시에게 맡기고 싶었지만 더 이상은 홈 팬들을 실망시켜서는 안 될 것 같았다.

에디 그린 감독을 대신해 데런 바셀리 투수 코치가 마운드에 올랐다. 그리고 케빈 쿼켄버시에게서 받은 공을 96년생 좌완 투수 데런 셸리에게 건네주었다.

"한 점까진 괜찮아. 하지만 장타는 피하라고. 알았지?"

"걱정 마세요, 코치. 무실점으로 막겠습니다."

데런 셀리는 파드리스가 선발 자원으로 성장해 주길 기대하는 유망주였다. 샌디에이고 일부 언론들은 데런 셀리에게서 박건호의 모습이 보인다고 추켜세우기도 했다.

그 기대에 부응하듯 데런 셀리는 2번 타자 마이클 리드와 3번 타자 코일 시거를 연속 삼진으로 돌려세우고 이닝을 끝마쳤다. 그리고는 박건호를 향해 씩 웃으며 마운드를 내려왔다.

─데런 셀리, 건에게 뭐라고 외친 것 같은데요.

─느린 화면으로 볼까요? 아, 덤벼 봐라고 한 것 같네요.

─하하. 어린 선수가 상당히 대담합니다.

─데런 셀리가 어리긴 하지만 건만큼은 아니겠죠. 데런 셀리는 96년생이고 건은 98년생이니까요.

─과연 건은 데런 셀리의 도발을 어떻게 받아들일까요?

─글쎄요. 과연 효과가 있을까요? 지난해 사이영 상과 MVP를 휩쓴 투수에게 말입니다.

─저 역시도 건이 저런 걸로 흔들릴 거라 생각하진 않습니다. 하지만 젊은 선수들끼리의 신경전은 짜릿한 결과를 만들기도 하니까요.

─오스틴 번이 잠시 마운드를 다녀가는데요. 아마 데런 셀리를 의식하지 말라고 조언을 해준 것 같습니다.

중계진은 오스틴 번이 박건호를 진정시킨 것이라고 해석했다.

하지만 오스틴 번이 박건호에게 건넨 말은 정반대였다.

"건, 저 애송이에게 질 수는 없잖아. 안 그래?"

"당연하지."

"그럼 남은 타자를 전부 삼진으로 잡아버리자고."

"좋아. 확실히 리드해, 오스틴."

포수석으로 돌아간 오스틴 번은 초구부터 몸 쪽 포심 패스트볼을 주문했다.

8회 말.

선발 투수의 구위가 한참 떨어질 시점에서 4번 타자를 상대로 몸 쪽 승부를 건다는 건 쉬운 일이 아니었다.

하지만 오스틴 번의 리드는 거침이 없었다. 그리고 박건호는 오스틴 번의 요구대로 정확하게 공을 내던졌다.

퍼엉!

박건호의 손끝을 빠져나간 새하얀 공이 순식간에 오스틴 번의 미트 속에 파묻혔다.

"큭!"

4번 타자 윌 마이스는 신음을 흘리며 타석을 벗어났다. 노리던 몸 쪽 빠른 공이 들어왔지만 차마 방망이를 내밀지 못하고 만 것이다.

전광판에 찍힌 구속은 무려 105mile/h(≒169.0㎞/h).

오늘 타석에서 봤던 박건호의 공들 중 가장 빠른 공이 하필이 시점에 날아들었다.

"젠장할. 좀 살살하라고."

윌 마이스가 오스틴 번을 바라보며 투덜거렸다.

첫 타석에서 삼진.

두 번째 타석에서 3루 땅볼.

4번 타자로서 더 이상 체면을 구기고 싶지 않았다.

"그럼 바깥쪽으로 하나 던져 줄 테니까 잘 노려봐."

오스틴 번이 씩 웃더니 미트를 바깥쪽으로 끌고 갔다.

'정말 바깥쪽이라면…… 커브다!'

윌 마이스가 눈을 빛냈다.

그러나 박건호의 손끝을 빠져나온 공은 이번에도 순식간에 홈 플레이트 위를 스쳐 지나가 버렸다.

퍼엉!

묵직한 포구 소리가 윌 마이스의 귓불을 때렸다.

"크으으!"

윌 마이스가 입술을 깨물며 다시 타석에서 물러났다.

104mile/h(≒167.3㎞/h)짜리 포심 패스트볼이 총알처럼 날아와 바깥쪽 높은 코스를 파고들었다. 이건 노린다 해도 쉽게 때려낼 수 없는 공이었다.

"빌어먹을!"

월 마이스의 성난 시선이 오스틴 번에게 향했다. 그러자 오스틴 번이 고개를 절레절레 흔들어 댔다.

"그걸 놓치면 어쩌자는 거야."

"시끄러워!"

"하아. 다시 한번 던져 줄 테니까 이번엔 잘 쳐 보라고."

오스틴 번이 보란 듯이 바깥쪽으로 미트를 움직였다.

하지만 월 마이스는 두 번 속지 않겠다며 방망이를 단단히 움켜쥐었다.

'초구와 2구 연속해서 포심 패스트볼이야. 그렇다면 이번에는…… 유인구다.'

월 마이스는 머릿속으로 두 가지 구종을 그렸다.

하나는 첫 번째 타석 때 자신의 헛스윙을 이끌어 냈던 바깥쪽으로 떨어지는 체인지업.

다른 하나는 오른손 타자를 상대로 박건호가 심심찮게 던져 대는 각이 큰 백도어성 커브.

체인지업이 들어오면 버리고 커브가 들어오면 걷어내야 했다.

'이번 공만 버티면 돼. 그럼 4구째 다시 몸 쪽 공이 들어올 거야.'

월 마이스의 시선이 바깥쪽을 향했다. 하지만 정작 박건호의 손끝을 빠져나간 공은 한복판을 가로질러 몸 쪽을 깊숙이 찔러 들어왔다.

'젠장할!'

당황한 윌 마이스가 커트라도 해보겠다며 방망이를 내돌려봤지만 그런 무기력한 스윙에 걸려들 만큼 박건호의 공은 호락호락하지 않았다.

퍼엉!

묵직한 포구 소리가 경기장에 울려 퍼졌다.

"크아아아!"

"안 돼!"

파드리스 관중들의 입에서 절로 탄식이 터져 나왔다.

─건, 대단합니다. 4번 타자 윌 마이스를 3구 삼진으로 돌려세웁니다.

─103mile/h(≒165.8㎞/h)의 몸 쪽 포심 패스트볼이었는데요. 윌 마이스, 전혀 대응하지 못했습니다.

─벌써 14개째 탈삼진입니다. 하지만 아직도 건의 투구 수는 67구에 불과합니다.

─파드리스, 집중해야 합니다. 이제 남은 아웃 카운트는 5개뿐입니다.

─남은 5개의 아웃 카운트가 사라지기 전에 뭔가 결과를 만

들어내지 못한다면 파드리스, 올 시즌도 다저스의 아성을 넘어서기 어려울 것 같습니다.

　침통함에 빠진 파드리스 팬들을 위한 배려일까. 중계진은 대기록에 대한 기대감을 다른 식으로 표현했다.
　하지만 뒤이어 타석에 들어선 타자들도 무기력하긴 마찬가지였다.
　5번 타자 라이언 심플은 초구와 2구, 바깥쪽 포심 패스트볼을 지켜만 본 뒤 3구째 들어온 몸 쪽 하이 패스트볼에 헛방망이질을 하고 물러났다.
　6번 타자 자바라 블랙도 초구 몸 쪽 포심 패스트볼에 헛스윙을 한 뒤 2구와 3구, 바깥쪽 코스를 파고드는 포심 패스트볼 앞에 무릎을 꿇고 말았다.

　-건! 4타자 연속 삼진입니다! 파드리스가 자랑하는 다이너마이트 타선을 전부 3구 삼진으로 돌려세웁니다!
　-오늘 경기 탈삼진이 16개째인데요. 매 이닝마다 두 명의 타자를 삼진으로 잡아내고 있습니다.

　중계진의 극찬을 받으며 박건호는 당당히 마운드를 내려왔다.

그런 박건호를 바라보며 데런 셀리가 질렸다는 투로 말했다.

"코치. 저 녀석, 정말 인간일까요?"

데런 셀리가 제레미 코인 투수 코치를 바라봤다.

"왜? 외계인 같아?"

"솔직히 저렇게 공을 던진다는 게 말이 안 되잖아요."

"물론 말도 안 되는 투구지. 그래서 괴물인 거고."

"저건 도핑이에요. 금지 약물을 복용한 게 틀림없다고요."

"뭐 너같이 생각하는 것도 무리는 아니지. 실제로 건은 작년에 빈번하게 도핑테스트를 받아야 했으니까."

"그런데도 아직까지 걸린 게 없다고요?"

"걸린 게 없으니까 사이영 상과 MVP를 받았겠지. 그러니까 너도 그만 떠들고 마운드에 올라가라고."

제레미 코인 코치가 데런 셀리의 엉덩이를 때렸다. 지금은 한가롭게 박건호의 투구에 넋이 나가 있을 때가 아니었다.

"두고 봐요, 코치. 나도 저 녀석처럼 전부 삼진으로 잡아낼 거예요."

데런 셀리가 결의에 찬 얼굴로 마운드에 올랐다.

하지만 그 투지 넘치는 표정은 오래가지 않았다.

따악!

－큽니다! 계속해서 날아갑니다!

－저건 넘어갔어요.

－에이든 곤잘레스! 루키 데런 셀리의 포심 패스트볼을 받아쳐 이번 시즌 첫 번째 홈런을 때려냅니다!

선두 타자로 나선 에이든 곤잘레스는 겁도 없이 몸 쪽을 파고드는 포심 패스트볼을 잡아당겨 담장 밖으로 날려 버렸다. 볼카운트가 투 스트라이크 원 볼로 불리했지만 에이든 곤잘레스의 방망이에는 거침이 없었다.

뒤이어 타석에 들어선 안승혁도 흔들리는 데런 셀리의 초구를 잡아당겨 좌익선상에 떨어지는 2루타를 때려냈다.

"빌어먹을!"

데런 셀리는 연이어 장타를 얻어맞은 게 볼 배합 때문이라고 여겼다. 그래서 크리스티안 베탄코스의 사인에 연거푸 고개를 흔들었다. 그리고 제 의지대로 유인구를 남발하다가 6번 타자 저스트 터너마저 볼넷으로 내보내고 말았다.

"후우……. 바꿔."

에디 그린 감독이 한숨을 내쉬며 투수 교체를 지시했다. 연패를 눈앞에 둔 상황에서 데런 셀리가 파드리스 팬들에게 자그마한 위안이 되길 바랐지만 이대로 가다간 팬들을 도리어 화병 나게 만들 것 같았다.

데런 셸리에 이어 마무리 투수 브랜드 마우어가 마운드에 올랐다.

브랜드 마우어는 최고 구속 100mile/h(≒160.9㎞/h)의 강력한 포심 패스트볼을 앞세워 7번 타자 엔리 에르난데스를 땅볼로 유도한 뒤 8번 타자 오스틴 번을 삼진으로 돌려세우고 이닝을 끝마쳤다.

그렇게 다저스의 모든 공격이 끝이 났다.

그리고 8 대 0으로 뒤진 파드리스의 정규 이닝 마지막 공격이 시작됐다.

"다들 잠깐 모여봐."

박건호가 연습 투구에 들어간 사이 밥 그린 벤치 코치가 선수들을 불러 모았다. 그리고 박건호가 현재까지 퍼펙트 피칭을 이어가고 있다는 사실을 일러주었다.

"부담을 주려고 하는 말은 아니니까 다들 진정하라고. 건은 월드시리즈에서 노히트노런과 퍼펙트게임을 달성한 괴물이라고. 오늘 경기가 월드시리즈라면 또 모르겠지만 시즌 중에 퍼펙트게임을 놓쳤다고 해서 화를 내진 않겠지. 안 그래?"

밥 그린 코치가 농담으로 선수들의 긴장감을 풀어주었다.

"하긴. 건이야 앞으로도 몇 번은 퍼펙트게임을 할 텐데 뭐."

"올 시즌 중에도 서너 번은 하겠지?"

"그야 당연하지. 건인데."

선수들도 농담을 주고받으며 웃었다. 지금 마운드에 서 있는 게 생애 최초 퍼펙트게임을 눈앞에 두고 있는 투수라면 덩달아 긴장했겠지만 메이저리그 최고의 투수로 군림하고 있는 박건호라면 오늘이 아니더라도 기회는 얼마든지 찾아올 것 같았다.

"그렇다고 잡을 수 있는 타구를 놓쳐서 팬들에게 욕먹긴 말라고."

밥 그린 코치가 피식 웃으며 손뼉을 두드렸다. 선수들은 서로 가볍게 주먹을 부딪친 뒤 각자의 포지션으로 달려갔다.

─이제 파드리스의 마지막 공격이 시작됩니다.

─7번 타자 루이스 사다스 타석인데…… 대타가 나옵니다. 헌터 랜프네요.

박건호의 퍼펙트게임을 막기 위해 에디 그린 감독이 선두 타자부터 대타 카드를 꺼내 들었다.

헌터 랜프. 미국 출신의 92년생 오른손 타자였다.

'이 녀석의 공은 충분히 봐 뒀어. 빠르긴 하지만…… 못 칠 정도는 아니야.'

패스트볼에 강점을 가지고 있는 헌터 랜프는 자신만만하게 방망이를 들어 올렸다. 더그아웃에서 박건호의 포심 패스트볼 하나만 노리고 타이밍을 맞춰왔으니 충분히 때려낼 수 있을 것이라 여겼다.

그러나 더그아웃에서 본 박건호의 공과 타석에서 날아드는 박건호의 공은 느낌이 전혀 달랐다.

퍼엉!

박건호가 힘차게 내던진 공이 눈 깜짝할 사이에 몸 쪽을 파고들었다.

"뭐, 뭐야?"

헌터 랜프가 화들짝 놀라며 전광판을 올려다봤다.

103mile/h(≒165.8㎞/h).

아주 잠깐이지만 숫자 3이 8처럼 느껴질 정도의 빠르기였다.

'빨라. 생각보다 훨씬 빨라.'

헌터 랜프가 애써 숨을 골랐다. 그리고 처음보다 손바닥 한 마디 정도 방망이를 짧게 잡고 타석에 들어섰다.

하지만 그런 임기응변으로는 박건호의 포심 패스트볼을 따라잡을 수가 없었다.

퍼엉!

박건호의 손끝을 빠져나간 공이 바깥쪽으로 빠르게 날아들었다.

헌터 랜프가 어깨를 움찔거려 봤지만 순식간에 홈 플레이트를 지나쳐 버린 공을 잡아낼 방법이 없었다.

"스트라이크!"

야속한 구심이 두 번째 스트라이크를 선언했다.

"젠장할!"

헌터 랜프가 입술을 질근 깨물었다.

그때 그린 호프만 3루 코치가 바쁘게 손을 움직였다.

사인을 확인한 헌터 랜프의 표정이 딱딱하게 굳어졌다.

벤치의 요구는 기습 번트.

투 스트라이크 이후인 만큼 박건호와 다저스 야수들의 허를 찌를 수 있다고 판단한 모양이었다.

만약 헌터 랜프가 주전 선수였다면 벤치의 제안을 애써 무시해 버렸을 것이다. 쓰리 번트를 대서 내야 안타를 성공시킬 가능성 자체가 높지 않았기 때문이다. 하지만 백업 멤버로 입지가 불안한 헌터 랜프는 벤치의 요구를 거절할 수가 없었다.

"후우……."

길게 숨을 내쉬며 헌터 랜프가 타석에 들어섰다. 그리고 박건호의 손끝에서 공이 빠져나오기가 무섭게 자세를 낮추고 번트 자세를 잡았다.

그러나 포심 패스트볼처럼 날아들던 공은 마지막 순간에 뚝 떨어지며 헌터 랜프의 방망이를 헛돌게 만들었다.

체인지업.

"젠장할."

포심 패스트볼을 노리고 덤벼들었던 헌터 랜프의 얼굴이 와락 일그러졌다.

"스트라이크 아웃!"

구심이 스윙을 인정하며 삼진을 선언했다.

그러자 홈 플레이트 앞쪽까지 달려 나왔던 에이든 곤잘레스가 벌게진 얼굴로 헌터 랜프에게 소리쳤다.

"이봐, 너! 지금 뭐하자는 거야! 그렇게라도 해서 건의 경기를 망칠 생각이었던 거야?"

에이든 곤잘레스가 당장에라도 그의 멱살을 잡을 것처럼 소리쳤다.

"이 치사한 자식! 네가 그러고도 메이저리거야?"

저스트 터너도 글러브를 벗어 들고는 헌터 랜프에게 달려들었다.

오스틴 번과 구심이 나서서 중재하려 했지만 에이든 곤잘레스와 저스트 터너는 좀처럼 흥분을 억누르지 못했다.

"뭐 하고 있어? 다들 나가! 나가서 쓸어버리라고!"

분위기가 험악해지자 막스 맥과이어 벤치 코치가 파드리스 선수들을 향해 선동하듯 소리쳤다.

8 대 0이라는 점수 차이는 중요하지 않았다. 내일 경기가 남아 있고 올 시즌 다저스와 16번을 더 싸워야 한다는 걸 감안하면 어떻게든 박건호의 페이스를 흔들어 놓을 필요가 있었다.

하지만 막스 맥과이어 코치의 바람처럼 상황이 흘러가진 않았다. 파드리스 선수들이 더그아웃 밖으로 몰려 나가기 직전에 박건호가 직접 나서서 상황을 정리해 버린 것이다.

"에이든! 저스트! 괜찮아요. 거기까지만 해요."

박건호가 마운드를 내려와 에이든 곤잘레스와 저스트 터너를 달랬다. 자신을 위해 나서준 건 고마운 노릇이지만 아웃 카운트를 두 개 남겨놓은 상황에서 벤치클리어링까지 가는 건 피하고 싶었다.

"랜프, 미안. 내 친구들이 좀 흥분했나 봐."

박건호는 헌터 랜프에게도 다가가 엉덩이를 두드렸다.

물론 퍼펙트게임인 투수를 상대로 번트를 대지 않는 건 메이저리그 불문율이었다. 그러나 그걸 어겼다고 해서 헌터 랜프를 몰아세울 수는 없는 노릇이었다.

"후우…… 어쨌든 미안하다, 건."

헌터 랜프도 굳은 얼굴로 더그아웃으로 들어갔다.

어쩔 수 없었다고 스스로를 위로해 봤지만 치미는 수치심 때문에 더그아웃에서도 얼굴을 들지 못했다.

"괜찮아, 랜프. 잘했어. 야구는 원래 그런 거야."

평소 절친한 막스 맥과이어 코치가 다가와 위로를 건넸지만 헌터 랜프의 표정은 달라지지 않았다.

그리고 그 모습이 중계 카메라를 통해 포착됐다.

-헌터 랜프, 표정을 보아하니 기습 번트를 대고 싶었던 건 아닌 것 같습니다.

-백업 선수의 비애죠. 어제 슬레이튼 커쇼를 상대로 안타를 때려냈던 루이스 사다스를 빼고 헌터 랜프를 대타로 내세운 건 단순히 좌투수에게 강했기 때문만은 아닐 겁니다.

-어쨌든 건, 3구째 체인지업을 선택해서 헌터 랜프의 기습 번트 시도를 차단했습니다.

-오늘 경기 17개째 탈삼진인데요. 정말 대단한 삼진 페이스입니다.

-이제 남은 아웃 카운트는 단 두 개입니다.

-대타를 쓰지 않는다면 8번 타자 크리스티안 베탄코스 타석인데요.

-파드리스 벤치에서 이번에도 기습 번트를 시도할지 지켜봐야겠습니다.

중계 카메라가 다시 파드리스 더그아웃을 비췄다. 믿었던 헌터 랜프 카드가 수포로 돌아가서일까. 에디 그린 감독은 반쯤 체념한 표정이었다.

"대타를 쓸까요?"

"왜? 또다시 기습 번트를 대자고?"

"그런 건 아니지만…… 대타를 쓰면 다저스 수비진을 혼란스럽게 만들 수 있을지 모릅니다."

기습 번트를 권했던 앨런 지터 타격 코치가 기어들어 가는 목소리로 말했다.

다저스 내야수들을 긴장시킬 수만 있다면 또다시 대타 카드를 사용하는 것도 나쁘지 않을 것 같았다.

"후우……. 어차피 아웃 카운트 두 개 남았으니까 어디 자네 마음대로 해봐."

"알겠습니다."

앨런 지터 코치는 에디 그린 감독을 대신해 대타를 요청했다. 그리고 장타 능력을 갖춘 아담 로살레를 루이스 사다스 대신 내보냈다.

'아담 로살레가 번트를 댄다고 생각하기란 쉽지 않겠지. 하지만 만약을 대비해야 하니까 깊숙이 수비를 하진 못할 거야.'

앨런 지터 코치의 계산대로 다저스 수비진들은 거의 베이스 라인에 붙어서 수비를 했다.

'헌터 랜프에게 번트를 시키길 잘했군.'

앨런 지터 코치가 입가를 들어 올렸다. 번트 능력이 떨어지는 헌터 랜프도 기습 번트를 시도했으니 아담 로살레도 예외일 수 없다는 생각이 다저스 내야수들의 머릿속을 지배하고 있다고 판단했다.

그러나 정작 내야수들을 전진시킨 모렐 허샤이저 감독은 간단하게 생각했다.

"아담 로살레는 건의 공을 못 칩니다. 건이 허락하지 않겠죠. 우리는 그저 기습 번트 가능성만 막아주면 됩니다."

아담 로살레는 정확도가 떨어지는 타자였다. 게다가 작전 수행 능력도 좋지 않았다. 박건호를 상대로도 별다른 재미를 보지 못했다. 작년에는 5번 타석에 들어서서 4개의 삼진과 1개의 투수 앞 땅볼을 기록할 정도였다.

박건호에게 퍼펙트로 몰린 상황이었지만 냉정하게 판단했을 때 아담 로살레가 정말로 번트를 댈 가능성은 낮았다. 그렇다면 정상 수비나 3유간을 두텁게 해 잡아당기는 타구에 대비하는 편이 나았다.

하지만 모렐 허샤이저 감독은 파드리스 벤치가 만들어낸 변수에 일일이 대응하지 않았다.

오히려 반대로 전진 수비를 통해 아담 로살레의 선택지를 좁혀 버렸다.

베이스 라인에 붙어 선 다저스 내야수들을 보고도 아담 로살레가 번트를 댈 가능성은 0에 가까워졌다.

물론 아담 로살레가 과감하게 기습 번트를 시도한 뒤 육중한 몸을 이끌고 1루로 전력 질주할 가능성을 완전히 배제하긴 어려웠다. 하지만 그렇다고 해서 아담 로살레가 박건호의 퍼펙트게임을 깨뜨리는 기적을 만들어낼 수 있을 것 같지 않았다.

기습 번트의 길이 막혀 버린 아담 로살레가 선택할 수 있는 건 단 하나뿐이었다.

박건호의 공을 직접 타격하는 것.

페이크 번트 앤드 슬러시를 시도할 수도 있고 기만행위 없이 곧바로 방망이를 휘두를 수도 있겠지만 어느 쪽이든 아담 로살레가 번트를 대지 않는다는 것만큼은 분명해 보였다.

하지만 애석하게도 아담 로살레가 박건호와 정면 승부를 선택했을 때 안타가 나올 확률은 번트를 시도해 안타가 나올 확률보다 낮아 보였다.

오늘 마운드 위에서 박건호가 보여준 퍼포먼스를 놓고 보자면 아담 로살레가 아니라 4번 타자 윌 마이스에게 다시 한 번 타석에 설 기회를 준다고 해도 결과가 달라질 것 같지 않았다.

아니나 다를까.

"스트라이크, 아웃!"

아담 로살레는 연신 헛방망이질만 하고 물러났다.

뭔가 해보겠다는 의욕은 강했지만 104mile/h(≒167.3㎞/h)의 포심 패스트볼에 전혀 타이밍을 맞추지 못했다.

−건! 삼진입니다! 아담 로살레를 더그아웃으로 돌려보냅니다.

−하하. 대단합니다. 벌써 18개째 탈삼진입니다.

−정말 무시무시한 투수입니다. 퍼펙트게임을 앞둔 상황이지만 전혀 흔들리지 않고 있습니다.

−보통 대기록을 앞둔 투수라면 긴장하게 마련인데요.

−야수들의 도움을 받기보다 스스로 해결하려고 하다가 8회나 9회 안타를 허용하는 경우도 많죠.

−하지만 건은 압도적인 구위로 아웃 카운트를 빠르게 줄여나가고 있습니다.

−지금까지 26개의 아웃 카운트를 처리하는 동안 18명을 삼진으로 잡아냈으니까요. 비율로 따지면 거의 70퍼센트에 달합니다.

−이제 마지막 아웃 카운트를 남겨 놓은 가운데 파드리스, 다시 한번 대타 카드를 꺼내 듭니다.

중계 카메라가 타석을 비췄다. 때마침 대타 코리 스팬버그가 왼쪽 타석에 들어섰다.

"후우……."

모든 이의 시선이 자신에게 집중됐다는 사실을 느낀 것일까. 코리 스팬버그의 얼굴은 잔뜩 상기되어 있었다.

전광판 스코어는 8 대 0.

남아 있는 단 하나의 아웃 카운트만으로는 8점의 점수 차이를 뒤집기란 불가능해 보였다. 끝날 때까지는 끝난 게 아니라고들 하지만 오늘 경기는 다저스가 이긴 거나 다름없었다.

코리 스팬버그를 호명한 앨런 지터 타격 코치도 이제 와 엄청난 기적을 바라지는 않는다고 말했다. 그저 박건호의 호투에 절망한 홈 팬들에게 자그마한 위로를 해주고 싶다는 바람을 전했다.

코리 스팬버그도 더 이상 팬들을 실망시켜서는 안 된다는 앨런 지터 코치의 생각에 공감했다. 하지만 그렇다고 해서 박건호의 퍼펙트를 깨려는 목적으로 타석에 서고 싶진 않았다.

'3루 쪽으로 타구를 굴리자.'

코리 스팬버그가 천천히 방망이를 들어 올렸다. 9회까지 104mile/h의 불같은 강속구를 던져 대는 박건호의 공을 제대로 받아칠 자신은 없었다. 하지만 가져다 맞히는 거라면 충분히 가능할 것 같았다.

'자, 건. 바깥쪽으로 던지라고.'

코리 스팬버그는 몸 쪽을 넉넉하게 비워뒀다. 그러면서 오픈 스탠스 자세를 취했다. 박건호의 공을 최대한 오래 지켜보다 보면 그만큼 때려낼 확률이 높아질 거라 판단했다.

'제법 머리는 썼다만 그게 쉬울까?'

코리 스팬버그를 힐끔 바라본 뒤 오스틴 번이 곧바로 손가락을 움직였다.

사인을 확인한 박건호가 빠르게 투수판을 박차고 나갔다.

후앗!

박건호의 손끝을 빠져나간 공이 코리 스팬버그의 몸 쪽을 파고들었다.

퍼엉!

묵직한 포구 소리와 함께 코리 스팬버그의 얼굴이 와락 일그러졌다.

코스는 둘째치고 공이 생각 이상으로 빨랐다. 활짝 열어놓은 몸 쪽을 향해 공이 날아들었는데 감히 방망이를 내돌릴 엄두조차 내지 못했다.

"후우……."

코리 스팬버그가 무겁게 한숨을 내쉬며 타석을 빠져나갔다. 그리고 두어 번 방망이를 휘돌린 뒤 다시 몸 쪽을 열어젖히고 2구를 기다렸다.

'초구는 몸 쪽이니까 이번에는 분명 바깥쪽일 거야.'

코리 스팬버그는 박건호가 2구 연속 몸 쪽 공을 던지지는 않을 것이라고 내다봤다. 퍼펙트게임이 코앞에 있으니 더욱 신중을 기할 것이라 여겼다.

그러나 박건호의 손끝을 빠져나온 공은 이번에도 몸 쪽 스트라이크존을 빠르게 통과해 버렸다.

"크으으!"

코리 스팬버그가 신음을 흘리며 물러났다.

바깥쪽을 비워두면 당연히 바깥쪽 승부를 걸어올 거라 여겼는데 계산 착오였다. 굳이 코스를 가리지 않을 만큼 박건호의 포심 패스트볼은 위력적이었다.

'이제 뭘 노려야 하지?'

코리 스팬버그가 조언을 구하듯 더그아웃을 바라봤다. 하지만 사이영 상 투수를 상대로 투 스트라이크에 몰려 버린 루키에게 희망을 줄 코칭스태프는 아무도 없었다.

"끝났군."

"후우……. 그러게."

오히려 코치들은 일찌감치 기대를 거둬 버렸다. 에디 그린 감독을 대신해 대타 작전을 주도했던 앨런 지터 코치마저도 체념한 듯 고개를 흔들어 댔다.

"젠장할."

코리 스팬버그가 이를 악물며 타석에 들어왔다. 그러고는 홈 플레이트 쪽에 바짝 붙어 섰다. 아예 몸 쪽 공을 던지지 못하도록 봉쇄한 뒤 바깥쪽 공이 들어오길 기다릴 생각이었다.

그러나 오스틴 번은 이번에도 몸 쪽으로 미트를 붙여넣었다.

"끝내자, 건."

사인을 확인한 박건호가 피식 웃었다.

퍼엉!

새하얀 공이 또다시 몸 쪽 꽉 차게 파고들었다.

"스트라이크, 아웃!"

구심의 요란스러운 콜 소리와 함께 마지막 아웃 카운트가 올라갔다.

순간 기자들이 카메라를 들어 올렸다.

그들은 지난 월드시리즈 6차전 때처럼 박건호를 중심으로 모든 선수가 한데 뒤엉켜 기뻐하는 그림이 나오길 기대했다.

하지만 박건호는 마치 평범한 완봉승이라도 되는 것처럼 마운드를 내려가 오스틴 번과 악수를 나누었다. 그리고 자신에게 다가온 동료들과 가볍게 주먹을 부딪치며 승리의 기쁨을 함께했다.

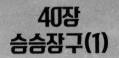

40장
승승장구(1)

1

경기가 끝나고 파드리스 구단은 박건호를 위해 인터뷰 공간을 마련해 주었다.

비록 상대 팀이라고는 하지만 지난 월드시리즈에 이어 3경기 연속 노히트노런, 2경기 연속 퍼펙트게임이라는 전무후무한 대기록을 세운 박건호를 외면할 수 없다고 판단한 것이다.

그러나 정작 박건호는 인터뷰 룸 사용을 정중히 거절했다. 대신 몰려든 기자들과 짧게 인터뷰를 진행했다.

"건! 2018년도 마지막 퍼펙트게임에 이어 2019년 첫 번째 퍼펙트게임의 주인공이 됐습니다. 기분이 어때요?"

"기분이 나쁘다고 하면 거짓말이겠죠. 꿈만 같습니다."

"오늘 경기는 이렇다 할 위기조차 없었다는 느낌이 드는데요."

"파드리스 타자들의 컨디션이 썩 좋아 보이지 않았습니다. 아마 그 덕을 본 것 같습니다."

"진심으로 하는 말인가요?"

"진심입니다."

"그렇다면 파드리스 타자들의 컨디션이 좋지 않았던 이유는 뭘까요?"

"글쎄요. 아직 시즌 초반이니까요. 그리고 어제 경기에서 에이스인 슬레이튼 커쇼가 좋은 투구를 보여줬습니다. 그 영향이 오늘 경기까지 이어지지 않았나 생각합니다."

"지나칠 정도로 겸손한 대답인데요. 이곳이 피코 파크라는 게 신경 쓰이나요?"

"당연히 신경 쓰입니다. 투수라면 누구나 팬들을 위해 대단한 기록을 세우고 싶어 합니다. 하지만 야구라는 스포츠는 상대를 두고 하는 경기입니다. 오늘 경기를 보고 기뻐할 팬들이 있다면 반대로 가슴 아파할 팬들도 있겠죠."

"다저스와 시즌 초반부터 맞붙어 가슴 아파할 파드리스 팬들에게 위로의 말을 전한다면요?"

"오늘은 파드리스가 운이 없었습니다. 하지만 올 시즌만큼은 파드리스가 포스트시즌에 올라오길 기대하겠습니다."

"그거 파드리스가 지구 우승을 해도 좋다는 건가요?"

"아니요. 지구 우승은 다저스가 할 겁니다. 파드리스는 와일드카드를 통해 올라오길 바랍니다."

"역시 건다운 대답이네요. 그럼 마지막으로 다저스 팬들에게 한마디 해주세요."

"오늘 같은 경기력을 끝까지 유지할 수 있도록 노력하겠습니다."

"와우, 다저스 팬들이 내지르는 비명 소리가 하늘을 찌를 것 같은데요. 어쨌든 오늘 승리 진심으로 축하합니다."

박건호의 인터뷰 동영상은 ESPM 홈페이지에 게재됐다. 그리고 한 시간도 되지 않아 플레이 수 100만을 돌파했다.

인터뷰를 확인한 다저스 팬들은 작년보다 더욱 견고해진 박건호에게 찬사를 쏟아냈다.

ㄴ역시 건이야. 더 이상 무슨 말이 필요하겠어?

ㄴ정말 완벽하고도 완벽하고 또 완벽했다고.

ㄴ그거 알아? 벌써 3경기 연속 노히트노런이야. 세상에 이런 투수가 존재한다는 게 말이 돼?

ㄴ나도 꿈을 꾸는 줄 알고 볼을 꼬집었다니까?

ㄴ하하, 바보들아. 지난해 월드시리즈에서 노히트와 퍼펙

트를 달성한 순간부터 건은 차원이 다른 투수가 됐다고. 이제 현실을 인정해. 이게 바로 슈퍼 건이라고.

└건에게 슈퍼 건이라는 별명을 붙인 게 누구야! 너무 완벽하게 어울리잖아!

파드리스 팬들도 3년 차 투수답지 않게 성숙한 박건호에게 박수를 보냈다.

└난 다저스 놈들이 정말 싫어. 하지만 오늘부터 건은 응원하기로 했어.

└슬레이튼 커쇼와는 격이 다른 투수야.

└맞아. 나도 어제 슬레이튼 커쇼의 인터뷰를 보고 짜증이 났는데 오늘 건의 인터뷰 덕분에 조금이나마 위로가 됐어.

└오늘 파드리스는 여러모로 꼴사나운 짓을 했어. 하지만 건은 단 한 번도 화를 내지 않았지. 나는 메이저리그 에이스라면 실력만큼이나 인성도 갖추고 있어야 한다고 봐. 그런 면에서 건은 메이저리그를 대표할 만한 투수인 게 분명해.

└솔직히 난 오늘 퍼펙트게임보다 어제 퇴물 슬레이튼 커쇼에게 8이닝 동안 끌려다녔던 게 더 짜증 나.

└동감. 특히 컨디션이 좋지 않은 타자들을 상대로 커브로 낚시질할 때 정말 짜증이었어.

└그런 면에서 오늘 건은 충분히 퍼펙트게임을 달성할 만했어. 파드리스 팬이지만 축하한다고.

파드리스 팬들의 반응을 살피던 샌디에이고 언론은 뒤늦게 박건호의 퍼펙트게임을 축하한다는 기사를 실었다. 그전까지 파드리스가 개막 초부터 심각한 부진에 빠졌다는 투의 기사를 쏟아냈다가 냉큼 논조를 바꾼 것이다.

다저스 건! 메이저리그 최고의 투수 반열에 올라서다!
3경기 연속 노히트! 2경기 연속 퍼펙트! 이 시대 최고의 투수 건!
어메이징 건! 메이저리그 역사상 전무후무한 대기록 수립!

기분이 좋아진 LA 언론들은 지난해 박건호와 사이영 상을 두고 다투었던 투수들의 SNS 메시지를 묶어 기사로 다루기까지 했다.

에디슨 범가너 - 건! 네가 다저스와 8년 계약을 맺었을 때 난 정말 슬펐다고. 하지만 4년 후 옵트 아웃 옵션이 있으니까 기다릴게. 네가 온다면 얼마든지 자이언츠의 1선발 자리를 내주겠어.

제이슨 아리에타 - 오늘 경기는 할 말을 잃게 만들었어. 최고야, 건. 그리고 제발 부탁이니까 컵스로 올 게 아니면 아메리칸 리그로 꺼져 달라고. 알았지?

노아 선더가드 - 하하. 건, 넌 정말 대단한 투수야. 인정한다고! 그러니 메츠전에는 나오지 마. 지구 우승만큼은 편하게 하고 싶으니까.

내셔널 리그 최정상급 투수들이 한목소리로 박건호를 치켜세웠다. 퍼펙트게임을 떠나 9회에 보여주었던 성숙한 대처와 겸손한 인터뷰가 박건호를 존경할 만한 경쟁자로 만들어 준 것이다.

전문가들도 오늘 경기를 통해 박건호가 메이저리그를 대표할 만한 투수로 거듭났다고 칭찬했다.

"만약 누군가 내게 메이저리그 최고의 투수가 누구냐고 묻는다면 건이라 말할 겁니다. 실력은 물론이고 인성까지 최고라고 말해주겠어요."

"8회까지 퍼펙트게임이었습니다. 그런데 9회 첫 타석에 들어선 타자가 투 스트라이크 이후에 쓰리 번트를 대려고 했어요. 이런 상황이 벌어지면 아마 누구라도 화가 날 겁니다. 내 퍼펙트게임을 망가뜨리려고 작정한 거야, 하고 소리칠지도 모르죠."

"하지만 건은 달랐습니다. 흥분한 동료들을 진정시키며 헌터 랜프에게 대신 사과했습니다. 그리고 담담하게 경기를 마쳤죠."

"경기 후에도 건은 파드리스 선수들을 원망하지 않았습니다. 오히려 파드리스 팬들을 위로했죠."

"그래도 와일드카드를 노리라는 말은 좀 심하지 않았나요?"

"아뇨. 저는 오히려 그래서 더 진정성이 있다고 봅니다. 다저스를 제치고 1위를 해도 좋다고 말했다면 과연 그게 위로가 됐을까요?"

"그렇죠. 그건 비아냥거림이나 다를 바 없으니까요."

"건의 성숙한 인터뷰 덕분에 전날 파드리스를 약 올리는 듯한 말을 했던 슬레이튼 커쇼가 도마 위에 올랐습니다."

"아이러니한 상황이죠. 건이 나타나기 전까지 메이저리그 최고의 투수는 슬레이튼 커쇼였는데요."

"투수들 중 가장 겸손한 선수이기도 했죠. 다행히 슬레이튼 커쇼가 SNS를 통해 어제 인터뷰는 지나쳤다고 사과하긴 했습니다만 이미 야구팬들의 마음은 건에게 돌아선 느낌입니다."

"이제 첫 경기고 아직 160경기가 남아 있으니 속단하긴 어렵지만 다저스가 건에게 8년 계약을 제시한 건 옳은 선택이었다고 봅니다."

"저 역시 같은 생각입니다. 건이 매 경기 퍼펙트게임을 만들어내지는 못하겠지만 시범 경기와 어제 경기에서 보여주었던 그 경기력을 꾸준히 유지해 준다면 올 시즌 다저스의 월드시리즈 2연패도 어렵지 않을 것 같습니다."

전문가들의 기대처럼 박건호의 4월은 뜨거웠다. 파드리스전부터 로키스 원정까지 파죽지세로 4연속 완봉승 기록을 이어 나갔다.

특히나 자이언츠를 상대로 한두 차례 완봉승은 의미가 컸다. 샌프란시스코 원정 경기에서 3피안타만 허용한 채 17개의 탈삼진을 쓸어 담으며 다저스의 위닝 시리즈를 견인하더니 홈에서 열린 리턴 매치에서는 퍼펙트게임 직전까지 자이언츠를 몰아붙이며 라이벌의 기를 확실히 꺾어놓았다.

슬레이튼 커쇼와 박건호가 합작해 4승을 챙기면서 다저스는 자이언츠를 상대로 6승 1패의 우위를 점하며 일찌감치 선두로 치고 나갔다.

그 결과 올 시즌 자이언츠가 다저스의 유일한 대항마가 될거라 전망했던 전문가들을 머쓱하게 만들었다.

올 시즌 전문가들은 자이언츠가 다저스 못지않은 선발진을 구축했다고 평가했다.

에이스인 에디슨 범가너부터 시작해 지니 쿠에토, 그리고 부상에서 돌아온 마크 무어와 박건호에게 밀려 아쉽게 신인 왕을 놓친 타이 블랙에 이르기까지 다저스와 비교해도 손색이 없다고 치켜세웠다.

하지만 막상 뚜껑을 열자 질적인 차이가 났다. 자이언츠의 마운드가 두터워지긴 했지만 다저스의 마운드만큼 견고하진 못했다.

슬레이튼 커쇼–박건호로 이어지는 MVP 듀오는 기대 이상으로 강했고 마에다 케이타–류현신–야디에르 알베스도 쉽게 점수를 내주지 않았다.

그렇게 4월 한 달간 다저스는 20승 5패로 메이저리그 최고 승률 구단(0.800)이 됐다. 2위인 자이언츠와는 무려 5경기 차이. 3위인 파드리스와도 7경기까지 벌어졌다.

같은 기간 동안 박건호와 슬레이튼 커쇼는 나란히 5승을 거두며 다저스가 거둔 승리 중 50퍼센트를 책임졌다. 3선발로 밀린 마에다 케이타가 3승 2패를 거두었고 류현신과 야디에르 알베스도 각각 3승을 챙겼다.

"다저스의 상승세가 눈부십니다. 25경기 중에서 무려 20승을 거두었습니다."

"하지만 아직까지 불안 요소가 많습니다. 선발진에 비해 불펜의 안정감이 떨어집니다."

"타선의 침체도 우려스럽습니다. 안이 분전하고 있긴 하지만 전체적으로 중량감이 떨어져 있습니다."

"선발진의 호투가 언제까지 이어질지도 장담하기 어려울 것 같습니다. 분명 한두 차례는 위기가 찾아올 텐데 그때 확실한 돌파구를 만들지 못한다면 상승세가 꺾일지도 모릅니다."

다저스가 지나치게 잘나가자 전문가들은 언제나처럼 위기를 들먹였다. 라이벌 구단들도 동조했다. 초반에 너무 앞서 달리다가 엔진이 터지거나 기름이 떨어질지 모른다며 다저스의 초반 독주가 계속되진 않을 것이라고 저주를 퍼부었다.

하지만 다저스의 상승세는 전반기 내내 계속됐다. 슬레이튼 커쇼와 박건호가 흔들림 없는 피칭을 이어가면서 불펜과 타선이 살아나기 시작한 것이다.

5월 28경기에서 20승 8패(0.714)를 거두며 40승 고지를 밟은 다저스는 6월 28경기에서도 19승 9패(0.679)로 호성적을 이어갔다.

7월 10경기에서도 7승 3패(0.700)를 거두면서 다저스는 전반기에만 66승(25패, 승률 0.725)을 올리고 기분 좋게 올스타 브레이크에 들어갔다.

라이벌인 자이언츠와는 무려 14경기 차이까지 벌어졌다.(52승 39패, 승률 0.571)

전문가들은 내셔널 리그 서부 지구 우승 경쟁은 일찌감치 끝이 났다고 선언했다. 자이언츠의 브라이언 보치 감독도 지역 언론과의 인터뷰에서 올 시즌 지구 우승은 어려울 것 같다며 하소연을 늘어놓았다.

내셔널 리그 서부 지구 우승 경쟁이 사실상 끝이 나면서 다저스 팬들의 관심은 다른 곳으로 튀었다.

슬레이튼 커쇼 vs 건, 사이영 상 맞대결 2라운드! 과연 올해는 누가 이길까?

LA의 유력 일간지가 게재한 기사 글은 삽시간에 수천여 개의 댓글이 달렸다.

ㄴ올해는 슬레이튼 커쇼야. 이건 두말할 필요가 없다고.
ㄴ나도 동감이야. 올해 슬레이튼 커쇼가 이만큼 잘해줄 거라고는 생각지도 못했어.
ㄴ무조건 커쇼야! 닥치고 커쇼라고!
ㄴ난 정말 건을 너무너무 사랑하지만 올해만큼은 슬레이튼 커쇼에게 사이영 상을 주고 싶어.

어렵사리 1선발 자리를 지켜낸 에이스 슬레이튼 커쇼의 전반기 피칭은 그야말로 눈이 부셨다.

19경기에 선발 등판해 15승 1패, 평균 자책점 1.76(133이닝 33

실점 26자책점)을 기록하며 커리어하이 기록을 다시 한번 갈아치워 버렸다.

특히나 에이스 투수들 간의 맞대결에서 빛을 발했다. 자이언츠의 에디슨 범가너와 다이아몬드백스의 맥 그레인키를 상대로 2승을 챙겼고 제이슨 아리에타, 노아 선더가드도 한 차례씩 꺾으며 에이스 오브 에이스라는 영예로운 칭호를 되찾았다.

전문가들도 슬레이튼 커쇼의 활약은 수치 이상의 의미가 있다고 극찬했다.

"올 시즌 다저스를 상대한 모든 팀은 슬레이튼 커쇼에게 초점을 맞췄습니다. 건이 인간 같지 않은 피칭을 선보이니까 그나마 인간다운 슬레이튼 커쇼에게 에이스 카드를 집중시켜 승리를 빼앗아 보자는 계산이었죠."

"하지만 슬레이튼 커쇼는 내셔널 리그 에이스급 투수들과의 맞대결에서 11승 1패의 호성적을 보였습니다. 만약 슬레이튼 커쇼가 5할 승률에 머물렀다면 다저스가 지금처럼 여유롭게 지구 1위를 달리지 못했을 겁니다."

"올 시즌 슬레이튼 커쇼가 1선발로 확정됐을 때 솔직히 다저스가 옛 에이스를 예우한다는 느낌이 강하게 들었습니다. 실력만 놓고 보자면 건이 더 나아 보였으니까요. 하지만 지금은 생각이 달라졌습니다. 슬레이튼 커쇼는 아직 전성기가 끝나지 않았습니다. 아니, 아직도 전성기가 오지 않은 느낌입니다."

전문가들은 슬레이튼 커쇼가 사이영 상을 수상해도 아무런 문제가 없다고 입을 모았다. 그러면서도 슬레이튼 커쇼가 사이영 상을 수상할 거라 단언하지는 못했다.

"만약 올해 슬레이튼 커쇼가 사이영 상 수상에 실패한다면 메이저리그 역사상 가장 불운한 2인자로 기록될 겁니다."

"메이저리그 전체 역사를 운운하기란 조심스럽지만 저 역시 동감입니다. 정말 이 정도 뛰어난 활약을 펼치고도 사이영 상을 받지 못하는 건 말도 안 되는 일이니까요."

"하지만…… 상대가 너무 나빠요. 건입니다. 다저스를 제외한 내셔널 리그 팬들이 빌어먹을 녀석이라 부르는 그 건이에요."

"작년 건을 봤을 때 이보다 더 완벽할 수는 없겠다는 생각이 들었습니다. 그러나 놀랍게도 건은 올해, 작년보다 나은 피칭을 이어가고 있습니다."

슬레이튼 커쇼에 이어 2선발 자리를 굳건히 지킨 박건호는 18경기에 선발 등판해 14승 무패, 평균 자책점 1.26을 기록했다.

전체적으로 작년 전반기 때와 비슷한 수준의 성적이었지만 가뜩이나 짜던 피안타율과 피장타율을 더 낮추면서 그야말로 언터처블의 위용을 과시하고 있었다.

"건은 작년에 비해 투구 이닝이 줄어들었습니다. 작년에 18경기에서 132이닝을 소화했지만 올해는 같은 경기에 129이닝만 던졌습니다. 하지만 이건 구단 차원에서 건의 체력을 관리해 준 것이니 작년만 못하다고 말하긴 어려울 것 같습니다."

"오히려 탈삼진 개수는 늘었죠. 작년에도 전반기에만 212개의 탈삼진을 잡아내서 입을 쩍 벌어지게 만들었는데 올해는 그보다 10개를 더 잡아냈더라고요."

"정확하게는 11개입니다. 시즌 중반에 잘못 기록이 됐던 게 전반기가 끝나고 수정이 됐거든요."

"게다가 실점도 작년 전반기에 비해 한 점 줄였습니다. 18점이죠. 한 경기당 한 점씩 내준 꼴입니다. 더 자세히 들여다보면 말문이 막혀 버립니다. 컨디션이 좋지 않았던 세 경기에서 10실점 한 걸 빼면 나머지 15경기에서 8점밖에 내주지 않았습니다."

"슬레이튼 커쇼에 비해 어느 정도 대진 운이 따랐다고는 하지만 글쎄요. 투수가 상대하는 건 결국 타자들일 테니까요. 그렇게 놓고 보자면 건이 슬레이튼 커쇼보다 쉽게 승리를 챙겼다고 보긴 어려울 것 같습니다."

4월 이후 다저스 구단은 박건호의 투구 수를 철저하게 관리했다.

알렉스 인터폴리스 부사장은 박건호가 지난해 생애 첫 풀타임 시즌을 보내며 200이닝을 넘게 소화한 만큼 박건호의 어깨를 보호할 필요가 있다고 강변했다.

전문가들도 박건호는 더 이상 최저 연봉을 받는 투수가 아니며 8년간 3억 달러라는 메이저리그 투수 역사상 두 번째로 큰 장기 계약을 맺었다는 사실을 강조했다.

그러나 박건호는 더 던질 수 있는 상황에서도 마운드를 내려와야 하는 현실이 달갑지 않았다. 체력적으로 문제가 있는 것도 아닌데 투구 수를 80구로 제한한 건 지나치다고 여겼다.

그런 와중에도 박건호는 129이닝을 소화하며 슬레이튼 커쇼에 이어 두 번째로 많은 이닝을 책임졌다. 경기당 평균 7.16이닝으로 내셔널 리그 전체 8위, 메이저리그 전체 11위에 해당하는 기록이었다.

이닝을 제외한 다른 기록들은 작년처럼 선두를 질주했다.

평균 자책점 메이저리그 전체 1위.

탈삼진 메이저리그 전체 1위.

이닝당 출루 허용률 메이저리그 전체 1위.

WAR 메이저리그 전체 1위.

다승 부분만 슬레이튼 커쇼에 이어 2위를 달리고 있지만 슬레이튼 커쇼보다 한 경기를 덜 치렀다는 걸 감안하면 1승 차이는 무의미하다는 게 일반적인 평가였다.

　상황이 이렇다 보니 박건호의 팬들도 슬레이튼 커쇼에게 호락호락하게 사이영 상을 넘겨줄 수가 없었다.

　└슬레이튼 커쇼는 정말 대단해. 내가 정말 사랑했던 투수답다고. 하지만 사이영 상은 내셔널 리그 최고의 투수에게 주어지는 상이야. 그리고 그 평가는 기록이 기준이 되어야 한다고 봐.

　└건은 슬레이튼 커쇼보다 평균 자책점도 낮고 탈삼진도 많이 잡았어. 승수가 낮은 건 빌어먹을 불펜들이 심심하면 날려 먹었기 때문이고. 게다가 한 차례 퍼펙트게임과 5차례의 완투승도 거두었어. 특히나 지난 우천 경기에서 야수들의 실책성 플레이에 4실점을 떠안으면서도 끝까지 마운드를 지켰던 모습을 잊을 수가 없다고.

　└솔직히 건의 실점 중 5점 정도는 불펜 투수들의 잘못이니까 그걸 감안하면 0점대 평균 자책점이라고 봐도 무방해.

　└진짜 건에게 투구 수 제한을 걸어놓은 건 누구 아이디어야? 그것 때문에 건의 컨디션이 더 나빠지고 있잖아!

　└건의 투구 수 제한이 건의 투구를 망치고 있다는 점은 동

의해. 하지만 건이 꾸준히 좋은 투구를 이어가도록 바란다면 구단의 결정도 존중할 필요가 있다고 생각해.

└어쨌든 건이 슬레이튼 커쇼보다 5이닝을 덜 던졌다고 해서 대단히 부진한 것처럼 떠들어 대는 건 참을 수가 없어. 기록을 놓고 보라고. 누가 최고인지 바보가 아닌 이상 알게 될 테니까.

다저스 팬들의 갑론을박이 뜨거워지자 LA 언론은 흥분한 군중들에게 새로운 먹잇감을 던져 주었다.

슬레이튼 커쇼 vs 건, 올스타전 선발 과연 누가 될 것인가? 모렐 허샤이저 감독의 선택은?

ESPM은 한술 더 떠 홈페이지를 통해 누가 올스타전 선발로 나와야 하는지를 물었다. 그러자 예상 밖의 결과가 나왔다.

슬레이튼 커쇼가 선발로 나와야 한다는 응답이 전체의 67.2퍼센트에 달했다. 반면 박건호를 지지하는 이들은 25.4퍼센트에 불과했다.

└거봐. 내가 뭐랬어? 슬레이튼 커쇼라고 했지?
└이게 바로 정답이라고. 야구를 볼 줄 아는 이들이라면 건

보다 슬레이튼 커쇼가 더 나은 투수라는 걸 알고 있다니까?

슬레이튼 커쇼의 팬들은 당연한 결과라며 우쭐거렸다. 반면 박건호의 팬들은 말도 안 된다고 언성을 높였다.

ㄴ이게 뭐야? 도대체 어떻게 이렇게 말도 안 되는 결과가 나올 수 있는 거지?

ㄴ이건 조작된 게 분명해! 말도 안 된다고!

ㄴ솔직히 이런 설문 조사를 한다는 것 자체가 웃기는 일이야. 성적을 놓고 결정하면 되는 거잖아. 안 그래?

ㄴ슬레이튼 커쇼도 건이 선발로 나서야 한다고 했다고!

ㄴ그건 예의상 한 말이지. 실제로 건도 똑같이 말했으니까.

ㄴ어쨌든 이 결과는 받아들일 수 없어.

ㄴ나도 마찬가지야!

박건호의 팬들은 당연히 박건호가 내셔널 리그 올스타팀의 선발로 나서야 한다고 주장했다.

하지만 모렐 허샤이저 감독은 설문 조사를 핑계 삼아 슬레이튼 커쇼를 선발로 낙점해 버렸다.

이후 LA의 한 일간지에서 슬레이튼 커쇼를 지지한 응답자들 중 상당수가 아메리칸 리그의 팬들이라는 사실을 밝혔지만 선발 투수는 바뀌지 않았다.

메이저리그 주요 언론들은 모렐 허샤이저 감독의 결정을 통해 2019 사이영 상 전쟁에서 슬레이튼 커쇼가 판정승을 거두었다고 떠들어 댔다.

하지만 정작 모렐 허샤이저 감독은 그런 의도로 슬레이튼 커쇼의 선발 등판을 결정한 게 아니었다.

"건, 혹시 서운하니?"

"뭐가요?"

"선발 말이다. 네가 아니라서 서운하냐고."

"에이, 뭘 그런 걸 가지고 서운해하겠어요."

"누차 말했지만 건, 너는 후반기 첫 경기 선발로 나서야 한다. 그래서 이번 올스타전 등판을 1이닝으로 한정 지을 생각이야."

"알고 있어요."

"투구 수는 15개가 제한이다. 안타를 하나만 맞아도 바로 교체할 거고."

"아우, 감독님. 아니, 사부. 그렇게까지 안 해도 괜찮다니까요."

"물론 나는 잘 알지. 네가 얼마나 튼튼한지 말이다. 하지만 너에게 3억 달러를 투자하기로 결정한 투자자들과 이사들은 잘 몰라. 내가 넌 특별하다고 해도 그들은 너만큼은 아니지만 너처럼 특별했다가 형편없어진 수많은 선수의 전례들을 내 앞에 들이밀 거다."

"알아요. 사부도 어쩔 수 없다는 거."

박건호가 나직이 한숨을 내쉬었다. 그러자 모렐 허샤이저 감독이 다가와 박건호의 어깨를 두드렸다.

"후회되지 않아?"

"뭐가요?"

"시범 경기에서 슬레이튼 커쇼에게 양보한 거 말이다."

"사부, 그때도 말했지만 일부러 홈런을 얻어맞은 거 절대 아니에요."

"알고 있다. 하지만 네가 1선발에 욕심을 냈다면 노런 아레나도를 상대로 투심 패스트볼만 던지지는 않았겠지."

"그건……."

박건호는 할 말이 없었다.

그저 좋은 게 좋은 거라는 생각으로 동경하던 슬레이튼 커쇼에게 1선발 자리를 양보한 게 이런 결과를 가지고 올 것이라고는 미처 예상하지 못한 것이다.

"구단은 네가 올해 2선발로 뛰는 걸 다행이라고 여기고 있을 거다. 나 역시 마찬가지고. 실력 면에서 넌 나무랄 데가 없지만 경험적인 부분은 아직 슬레이튼 커쇼보다 부족한 게 사실이니까. 하지만 경험을 쌓는 건 올해까지만 해도 충분할 것 같은데…… 혹시 내년에도 슬레이튼 커쇼를 배려할 생각이냐?"

모렐 허샤이저 감독이 넌지시 물었다. 그러자 박건호가 냉큼 고개를 흔들었다.

"아니요. 내년에는 정말 맘 편히 던지고 싶어요."

"그렇다면 더 노력해야 할 거다. 슬레이튼 커쇼도 전성기라 여겨질 정도로 잘 던지고 있으니까."

"네. 저도 슬레이튼 커쇼를 배려할 형편이 아니라는 거 뼈저리게 느끼고 있어요."

88년생인 슬레이튼 커쇼는 박건호보다 열 살이 많았다.

동서양을 막론하고 서른이 넘어간 투수는 정점을 지난 경우가 대부분이었다.

그래서 박건호는 에이스라는 타이틀에 대놓고 욕심을 부리지 않았다. 그저 한두 해 기다리다 보면 자연스럽게 슬레이튼 커쇼로부터 에이스의 자리를 물려받을 수 있을 것이라고 여겼다.

하지만 정작 슬레이튼 커쇼는 박건호에게 에이스의 자리를 호락호락하게 양보할 생각이 없는 모양이었다. 기회가 있을 때마다 다저스의 미래의 에이스는 박건호라고 치켜세우면서도 마운드에 오르면 박건호에게 뒤처지지 않으려고 이를 악물었다.

덕분에 올 시즌 슬레이튼 커쇼의 성적은 커리어하이 시즌이었던 작년보다도 좋았다.

LA 언론들은 슬레이튼 커쇼의 전성기는 이제부터라고 말했다. 전문가들도 박건호에게 자극을 받은 슬레이튼 커쇼가 제2의 전성기를 보내고 있다고 분석했다.

'떡 줄 사람은 생각도 않는데 나 혼자 김칫국을 너무 많이 마셨어.'

에이스의 자리를 지키기 위해 최선을 다하는 슬레이튼 커쇼를 보며 박건호도 내심 반성했다. 그리고 올스타전 선발 투수로 팬들이 슬레이튼 커쇼를 원한다는 이야기를 듣고는 자존심도 상했다.

물론 기록적으로 박건호는 여전히 슬레이튼 커쇼보다 앞서고 있었다. 작년보다 그 격차가 줄어들긴 했지만 박건호는 여전히 메이저리그 최고의 투수로 꼽히고 있었다.

게다가 ESPM에서 실시한 올스타전 선발 투표 결과는 전략적인 선택의 결과라는 분석이 대부분이었다.

박건호가 선발로 나와 3이닝 가까이 소화할 경우 아메리칸 리그가 승리할 가능성이 낮으니 아메리칸 리그 쪽 팬들이 일부러 선발 로테이션을 소화한 지 얼마 되지 않은 슬레이튼 커쇼에게 표를 던졌다는 것이다.

하지만 어찌 됐건 박건호는 흔들리는 여론이 마음에 들지 않았다. 지난해 슬레이튼 커쇼를 제치고 사이영 상을 수상하면서 메이저리그 최고 투수 논쟁의 종지부를 찍었다고 여겼는데 마치 모든 게 신기루처럼 사라져 버린 느낌마저 들었다.

"감독님, 아니, 사부. 부탁이 있어요."

"부탁이라. 네가 갑자기 그렇게 말하니까 불안한데……."

"후반기 때 투구 이닝 좀 늘려주세요."

"그건 곤란해, 건."

"물론 무작정 던지겠다는 건 아니에요. 하지만 제한 투구 수가 80구인 건 너무하다고요. 현실적으로 100구, 아니, 90구까지만이라도 늘려주세요."

"흠……."

잠시 고심하던 모렐 허샤이저 감독이 고개를 주억거렸다.

박건호를 절대적으로 보호해야 한다는 구단의 원칙에는 여전히 찬성하는 입장이었다. 하지만 한편으로는 지나친 과잉보호로 인해 박건호가 80구짜리 투수로 전락할지도 모른다는 고민도 가지고 있었다.

"좋아. 90구. 그 정도까지는 나도 약속하마."

"그리고 8회까지 투구 수가 90구를 넘지 않을 경우 완투 보장해 주세요."

"흠……. 그래, 그것도 약속하지. 대신 불펜을 꼭 투입해야만 하는 상황일 때는 건, 너도 양보해야 해."

"좋아요, 사부."

다음 날.

박건호는 슬레이튼 커쇼에 이어 3회 2사 이후에 마운드에 올랐다. 그리고 한 타자만 상대한 채 등판을 끝냈다.

경기 직후 기자들은 박건호에게 달려들어 올스타전에 대한 소감을 캐물었다.

"한 타자만 상대하고 내려갔는데요. 이유가 있나요?"

"선발로 나서지 못한 것 때문에 자존심이 상했나요?"

"혹시 어디 불편한 곳이라도 있나요?"

올스타전 전후로 박건호를 향한 기자들의 태도는 다소 불손하게 변해 있었다. 박건호가 정체한 사이 슬레이튼 커쇼가 치고 올라오고 있으니 박건호 천하가 오래가지 않을 것이라고 여기는 이가 적잖았다.

하지만 박건호는 언제나처럼 감정을 절제하고 침착하게 질문을 받았다.

"한 타자만 상대해서 아쉽죠. 하지만 내셔널 리그에는 저 말고도 좋은 투수가 많으니까요. 교체에 대한 불만은 없습니다. 특별히 어디가 아프거나 체력적으로 문제가 있는 건 아닙니다. 다만 후반기 첫 경기에 선발로 예정된 터라 감독님께서 배려해 주신 것 같습니다."

"잠깐만요! 건!"

"하나만 더 질문할게요!"

기자들은 박건호의 뒤를 쫓아다니며 모렐 허샤이저 감독에 대한 불만이나 슬레이튼 커쇼를 향한 질투를 끄집어내려 노력했다. 하지만 박건호는 마지막까지 미소를 유지하며 인터뷰를 마쳤다.

그러자 몇몇 기자가 보란 듯이 박건호에게 시비를 걸었다.

건, 후반기 첫 출격을 위해 체력을 아껴둬?

올스타전 0.1이닝 투구. 건, 올스타 자격 있나?

오직 단 한 타자만. 건, 너무 오만하다.

이럴 거면 뭐하러 올스타전에 나왔나? 팬들, 건에게 분노하다!

박건호를 향한 논란은 올스타 브레이크 내내 계속됐다. 모렐 허샤이저 감독이 슬레이튼 커쇼가 많은 이닝을 던졌기 때문에 같은 다저스 선수인 박건호의 투구 이닝을 줄인 것뿐이라고 해명했지만 분위기는 가라앉지 않았다.

└진짜 뭐하자는 거지? 대체 건이 뭘 그렇게 잘못한 거야?

└올스타전에서 한 타자를 상대하고 내려간 경우는 얼마든

지 있다고. 왜 건한테만 난리인 거야?

└솔직히 이건 좀 아니라고 봐. 올스타전을 보러 간 사람들 중 상당수는 건의 삼진 퍼레이드를 보고 싶었을 거라고.

└건을 대신해 슬레이튼 커쇼가 많은 이닝을 소화했잖아. 그럼 된 거 아냐?

└그렇게 건의 활약을 보고 싶었으면 슬레이튼 커쇼가 아니라 건을 선발로 밀어줬어야지. 투표할 때는 슬레이튼 커쇼를 밀어놓고 이제 와서 건을 탓하는 건 억지 아냐?

└이번 올스타전에 뽑힌 투수만 열네 명이야. 모두가 1이닝씩 던진다면 5명의 투수는 공을 던질 수가 없어. 게다가 슬레이튼 커쇼는 혼자 8개의 아웃 카운트를 잡아냈다고. 남은 19개의 아웃 카운트를 13명의 투수가 나눠 던져야 한다는 걸 이해한다면 건을 비난하는 것 자체가 말이 되지 않아!

└솔직히 건이 다음번 등판 이야기를 하지 않았다면 더 좋았을 거야. 지금 건을 씹어대는 언론 대부분이 라이벌 구단들이라고.

└과연 그럴까? 건이 컨디션 핑계를 댔다면 아마 그걸 가지고 떠들어 댔을걸? 그러다가 건이 후반기 첫 경기에서 완봉이라도 거둬봐. 그럼 아마 벌 떼처럼 달려들 거야. 올스타전을 대충 던져 놓고 개인 기록만 챙겼다고 말이야.

└올스타에 뽑힌 선수들은 팬들을 위해 최선을 다할 필요

가 있어. 팬의 입장에서 보자면 메이저리그 최고의 선수인 건을 잠깐밖에 보지 못했다는 게 아쉬울 수밖에 없다고. 하지만 건은 자신에게 주어진 단 하나의 아웃 카운트를 삼진으로 돌려세웠다고. 그거면 충분한 거 아냐?

야구 팬들은 짧은 투구 이닝으로 박건호를 비난하는 건 옳지 않다고 말했다. 몇몇 악성 팬이 박건호는 올스타가 될 자격이 없다며 분란을 이어갔지만 그 말에 동조하는 이는 많지 않았다.

다저스 팬들은 이번 일로 인해 박건호의 경기력에 지장이 생길까 봐 걱정했다.

ㄴ젠장. 건은 괜찮은 거야? 주변에서 이렇게 떠들고 있는데 건이 제대로 집중할 수나 있겠어?

ㄴ그러게 말이야. 진짜 당분간 건이 TV를 끄고 지냈으면 좋겠는데.

ㄴ후반기 첫 상대가 어디였지? 파드리스인가?

ㄴ아니, 다이아몬드백스. 그것도 원정이야.

ㄴ선발은 누구야? 설마 맥 그레인키는 아니겠지?

ㄴ맥 그레인키가 나올 가능성도 있어. 하지만 올스타전에서 1이닝을 던졌으니까 맥 그레인키에게 휴식을 줄 가능성이

더 높아.

ㄴ그럼 누구야? 타이안 워커야?

ㄴ아마도 그렇게 되지 않을까?

ㄴ평소의 건이라면 느긋하게 앉아서 경기를 보겠는데……
이거 이번 경기는 왠지 불안한데?

박건호가 현존하는 메이저리그 최고의 투수이긴 하지만 이
제 겨우 스무 살이었다. 산전수전을 다 겪은 선수들보다 주변
의 시선에 예민할 수밖에 없는 나이였다.

애리조나 언론들도 앞다투어 박건호를 꺾을 절호의 기회가
찾아왔다고 떠들어 댔다. 박건호가 올스타전 파문으로 제정
신이 아닐 테니 이번 기회에 그동안 박건호에게 당했던 걸 전
부 되갚아주자는 이야기였다.

선발로 확정된 타이안 워커는 한술 더 떴다.

"건이 누구죠? 아, 내가 무서워서 올스타전에서 한 타자만
상대하고 도망친 그 겁쟁이요? 하하. 다들 기대하라고요. 그
겁쟁이를 짓밟고 내가 메이저리그 최고의 투수가 될 테니까."

그는 지역 일간지와의 인터뷰에서 박건호를 잡고 킹 타이
완이 되겠다고 큰소리를 펑펑 쳤다.

평소 같으면 애리조나 지역 내에서도 가십거리 정도로 치
부했을 수준의 치기 어린 이야기였다. 그러나 메이저리그 언

론들은 앞다투어 타이안 워커가 박건호에게 위대한 도전장을 내던졌다고 호들갑을 떨었다.

월드시리즈 우승을 노리는 주요 구단들도 SNS를 통해 내일 경기에서 새로운 영웅이 탄생하길 바란다며 타이안 워커의 호투를 기원하기까지 했다.

"건, 괜찮아요?"

언론마다 당장 무슨 일이라도 일어날 것처럼 떠들어 대자 제시카 테일러가 걱정스러운 얼굴로 박건호를 찾아왔다.

"어? 제시카. 어떻게 왔어?"

집에서 조용히 휴식을 취하던 박건호가 놀란 얼굴로 제시카 테일러를 맞았다.

"왜, 왜요? 내가 오면 안 되는 거예요?"

"아니, 아니. 너무 반가워서 그렇지."

"그럼 잠깐 들어가도 되는 거죠?"

"물론이지. 어서 들어와."

제시카 테일러는 조심스럽게 박건호의 집 안으로 걸음을 옮겼다. 그러다 큼지막한 TV를 통해 재생되는 야구 중계 화면을 보고는 발걸음을 멈췄다.

"혹시 내일 경기 준비하고 있었어요?"

"아, 저거? 이미 본 건데 그냥 다시 한번 보는 거야."

"왠지 내가 방해꾼이 된 거 같은데요?"

"방해꾼이라니. 그런 거 절대 아니니까 이쪽으로 좀 와서 앉아."

"아니에요. 괜찮은 것 같으니까 이만 가 볼게요."

제시카 테일러가 멋쩍게 웃었다. 언론이 떠들어 대는 말은 거의 믿지 않았지만 애써 찾아온 게 무안할 정도로 박건호는 멀쩡해 보였다.

하지만 박건호도 누군가의 위로가 필요하긴 했다. 메이저 리그 최고의 투수로서 이 정도 시달림으로 앓는 소리를 할 수 없으니 꾹 참고 있을 뿐이지 그렇다고 속까지 편한 것은 아니 었다.

"그러지 말고 오늘은 내 옆에 있어 주면 안 돼?"

"오, 오늘요?"

"그래, 나 요즘 잠을 잘 못 자. 나 잠들 때까지만 옆에 있어 줘. 응?"

박건호가 냉큼 제시카 테일러의 손을 잡았다. 잠시 망설이 던 제시카 테일러도 박건호가 서글픈 표정을 짓자 손에 들고 있던 가방을 내려놓았다.

"잠들 때까지만 있어 주면 되는 거죠?"

"그래, 하지만 그러면 밤이 늦을 테니까 우리 집에서 자고 가는 게 좋을 것 같아."

"그건⋯⋯."

"걱정하지 마, 제시카. 잠잘 땐 손가락 하나 건드리지 않을 테니까."

"⋯⋯약속한 거죠?"

"그럼, 약속하지. 그러니까 잠깐 이리 와봐."

"왜, 왜 그래요. 손가락 하나도 건드리지 않겠다면서요."

"그건 잠잘 때 이야기고. 모처럼 만났는데 뽀뽀 정도는 괜찮잖아?"

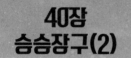

40장
승승장구(2)

박건호가 능글맞게 웃으며 제시카 테일러를 끌어안았다. 잠시 바둥거리던 제시카 테일러도 못 당하겠다며 쭉 내민 박건호의 입술을 받아 주었다.

　"제시카, 미안한데 제시카가 너무 예뻐서 못 참겠어."

　"거, 건! 아직 낮이에요!"

　"괜찮아. 내 방은 암막 커튼을 달아서 깜깜해. 게다가 저녁엔 승혁이 녀석이 와서 아무것도 못 할 거야."

　"자, 잠깐만요! 알았어요. 알았다고요."

　박건호는 그대로 제시카 테일러를 안아 들고 안방으로 달려갔다. 그리고 제시카 테일러와 맘껏 사랑을 주고받았다.

다음 날.

"정말 집에 있을 거야?"

"밖에 기자들 많잖아요. 나는 집에 있는 게 나을 것 같아요."

"난 괜찮은데?"

"건은 괜찮아도 나는 아직 마음의 준비가 필요하다고요."

"쳇. 알았어."

"대신 집에서 TV로 건을 열심히 응원할게요."

"정말이지? 최대한 빨리 올 테니까 어디 가지 말고 기다리고 있어. 필요한 건 가정부나 브라이언 형에게 말하고. 알았지?"

"알았어요. 내 걱정 말고 몸 조심히 다녀와요."

"경기 끝나고 집에 왔는데 제시카 없으면 나 막 방황할지도 몰라."

"으이그. 알았다고요."

"정말 어디 가면 안 돼?"

"알았어요. 약속할 테니까 얼른 가요. 늦겠어요."

박건호는 떨어지지 않는 발걸음을 억지로 움직이며 집을 나섰다.

"건이다!"

"찍어! 어서!"

박건호의 집 앞을 서성이던 기자들은 기다렸다는 듯이 카메라 셔터를 눌러댔다. 그리고 다소 기운 없어 보이는 건의 사진에 '잔뜩 긴장한 건'이라는 제목을 달아 보도했다.

생중계를 맡은 콕스 TV 중계진도 문제의 사진을 가지고 우려의 목소리를 냈다.

–오늘 건의 컨디션이 별로 좋아 보이지 않습니다. 오늘 같은 날일수록 타자들이 기운을 내줘야 할 텐데요.

–타이안 워커는 경기 초반에 실점이 많은 투수입니다. 그러나 경기 초반을 무실점으로 막아내면 흠잡을 데 없는 피칭을 펼치곤 하죠.

–다저스의 타순은 작 피터슨부터 시작합니다. 그 뒤로 마이클 리드와 코일 시거가 들어서게 됩니다.

–작 피터슨, 전반기에 3할 2푼대의 준수한 타격을 보여주었습니다. 하지만 다이아몬드백스를 상대로는 좋지 않았습니다. 6경기에서 21타수 5안타, 2할 4푼에도 미치지 못했습니다.

–무엇보다 홈런이 없었죠. 장타도 2루타 하나가 전부였습니다.

–마이클 리드도 다이아몬드백스전에서 썩 좋은 모습을 보여주지 못했는데요. 다저스의 테이블 세터들이 중심 타자들 앞에서 밥상을 차릴 수 있을지 지켜봐야겠습니다.

타석에 들어선 작 피터슨은 홈 플레이트 쪽에 바짝 붙어 섰다. 과감한 몸 쪽 승부를 즐기는 타이안 워커와의 기 싸움에서 밀리지 않기 위해서였다.

하지만 타이안 워커는 보란 듯이 초구와 2구에 몸 쪽으로 포심 패스트볼을 꽂아 넣어 작 피터슨을 몰아붙였다. 그리고 3구째 바깥쪽 스플리터를 던져 작 피터슨을 2루수 앞 땅볼로 유도했다.

-타이안 워커, 좋은 스플리터를 던졌습니다.

-구속이 무려 91mile/h($\doteqdot$146.5㎞/h)이나 나왔습니다.

-작년 말부터 커터와 스플리터의 제구가 좋아지면서 다이아몬드백스 팬들의 기대를 모았는데요. 오늘 경기에서도 수준급 커맨드를 보여주었습니다.

타이안 워커는 여세를 몰아 마이클 리드를 3구 삼진으로 돌려세웠다. 마이클 리드가 방망이를 짧게 잡고 포심 패스트볼에 대응해 봤지만 98mile/h($\doteqdot$157.7㎞/h)에 달하는 구속을 따라잡지 못했다.

3번 타자 코일 시거는 원 스트라이크 원 볼에서 몸 쪽으로 파고드는 포심 패스트볼을 힘껏 잡아당겼다. 그러나 살짝 먹힌 타구는 중견수 에이제이 콜락의 글러브 속으로 빨려 들어가 버렸다.

"타이아아안!"

"잘했어! 좋아! 그렇게만 던지라고!"

애리조나 볼파크에 몰려든 다이아몬드백스 팬들이 목이 찢어져라 함성을 내질렀다.

"좋았어!"

더그아웃에서 경기를 지켜보던 토레이 르블로 감독도 주먹을 움켜쥐었다.

1회 실점률이 75퍼센트에 달했던 타이안 워커가 1회를 깔끔하게 넘겼다. 타이안 워커가 이 기세를 계속 이어 나가만 준다면 박건호가 아니라 그 누구라 해도 두렵지 않을 것 같았다.

"건의 부담이 커지겠는데요?"

론 가르덴 벤치 코치가 웃으며 말했다.

타이안 워커가 평소처럼 1회에 실점을 했다면 박건호의 어깨도 한결 가벼웠겠지만 공 9개 만에 아웃 카운트 세 개를 챙기고 내려간 만큼 맘 편히 공을 던지지는 못할 것 같았다.

"그래도 건이잖아. 기본은 하겠지."

토레이 르블로 감독이 느긋한 얼굴로 눈을 돌렸다. 다소 어수선한 분위기 속에 박건호가 천천히 마운드에 걸어 올라오고 있었다.

박건호의 표정은 평소와 별반 다르지 않았다. 살짝 차갑게 느껴질 정도로 굳은 얼굴은 박건호의 트레이드 마크나 다름 없었다. 그러나 그 모습이 토레이 르블로 감독의 얼굴에는 잔뜩 긴장한 것처럼 느껴졌다.

─건, 드디어 마운드에 오릅니다.
─타이안 워커의 투구를 지켜봐서일까요. 표정이 어두워 보이는데요.

콕스 TV 중계진도 박건호를 걱정했다. 평소와 다름없이 가볍게 연습구를 던지는 걸 두고도 어딘지 모르게 불편해 보인다는 말을 덧붙였다.

그사이 다이아몬드백스의 1번 타자 데이브 페렐타가 타석으로 다가왔다.

─선두 타자는 데이브 페렐타입니다.
─전반기 타율은 2할 9푼 2리. 거의 3할에 가깝습니다. 홈에서는 3할 3푼 3리를 기록하고 있는데요.
─건을 상대로는 좋지 않았습니다. 올 시즌 8타수 무안타. 삼진만 6번 당했습니다.
─데이브 페렐타가 우완 투수보다 좌완 투수를 상대로 약한 모습을 보이고 있긴 하지만 이건 너무 무기력한 성적표네요.

-하하. 전반기의 건은 최고였으니까요. 건에게 형편없는 성적표를 받은 건 데이브 페렐타만은 아닐 겁니다.

　-하지만 오늘은 다른 결과가 나올지도 모르겠습니다. 건의 컨디션이 평소만큼 좋아 보이지 않으니까요.

　콕스 TV 중계진이 긴장감을 높였다. 자연스럽게 중계 카메라가 데이브 페렐타의 표정을 클로즈업했다.

　중계진의 말을 듣기라도 한 것일까. 데이브 페렐타가 제법 야무진 얼굴로 방망이를 들어 올렸다.

　데이브 페렐타를 힐끔 훔쳐본 뒤 오스틴 번이 평소처럼 몸쪽으로 미트를 붙여넣었다. 그러자 중계 카메라가 재빨리 박건호의 얼굴을 비쳤다. 어쩌면 박건호가 불편한 얼굴로 고개를 저을지도 모른다고 기대를 한 것이다.

　하지만 박건호는 늘 그래왔듯이 가볍게 고개를 끄덕였다. 그리고 길게 숨을 고른 뒤 투구 동작에 들어갔다.

　키킹. 스트라이드. 코킹. 릴리스. 팔로 스로우.

　순식간에 박건호의 손끝을 빠져나온 새하얀 공이 곧바로 데이브 페렐타의 몸 쪽을 파고들었다.

　"……!"

　순간 데이브 페렐타가 움찔 놀라며 엉덩이를 뒤로 빼냈다. 불현듯 박건호의 공이 가슴을 스칠 것 같은 느낌이 든 것이다.

그러나 정작 공은 홈 플레이트 위쪽을 스쳐 지난 뒤 오스틴 번의 미트 속에 정확하게 파묻혔다.

퍼엉!

묵직한 포구 소리가 경기장에 울려 퍼졌다.

"스, 스트라이크!"

1초 정도 넋을 놓았던 구심이 재빨리 오른팔을 들어 올렸다.

"후우……."

미처 연소되지 않은 뜨거운 숨을 내쉬며 박건호가 슬쩍 전광판을 돌아봤다.

105mile/h(≒169.0㎞/h).

익숙한 세 자리 숫자가 걱정할 것 없다며 박건호를 반겼다.

"그래, 이래야지."

박건호의 입가로 미소가 번졌다. 고작 초구를 던졌을 뿐이지만 손끝으로 느껴지는 감각은 전반기 때와 조금도 다르지 않았다.

"자, 이제 방울뱀 사냥을 시작해 보실까?"

컨디션에 이상이 없다는 걸 확인한 박건호가 글러브를 들어 올렸다.

"역시. 넌 괴물이야."

오스틴 번이 질렸다는 얼굴로 공을 던졌다. 지난 며칠 동안 언론이 작심하고 흔들어 댔는데도 아무렇지 않은 걸 보니 도저히 같은 인간처럼 느껴지질 않았다.

놀란 건 데이브 페렐타도 마찬가지였다. 오늘만큼은 8타수 무안타라는 수치스러운 기록을 깨뜨릴 수 있을 거라 여겼는데 몸 쪽을 매섭게 파고든 공은 평소처럼 일말의 자비로움도 없어 보였다.

"젠장할. 뭐가 어떻게 된 거야?"

데이브 페렐타는 해답을 구하듯 3루 쪽 더그아웃을 바라봤다. 하지만 정작 다이아몬드백스 벤치는 박건호의 초구를 보고도 별다른 경각심조차 느끼지 못하고 있었다.

"공은 여전히 빠른데?"

"작년에 컨디션이 좋지 않을 때도 100mile/h(≒160.9㎞/h)은 우습게 던졌죠."

"하긴, 그랬지. 그런데 말이야. 뭔가 공을 던지는 게 평소보다 좀 급한 느낌 들지 않아?"

"저도 딱 그렇게 생각하고 있었습니다."

토레이 르블로 감독과 론 가르덴 코치는 박건호가 서두르고 있다고 단정 지었다. 그리고 그 조급한 마음이 종국에는 박건호라는 메이저리그 최고의 투수를 무너뜨려 줄 것이라고 기대했다.

"데이브! 눈 크게 뜨고 잘 보라고!"

"겁먹지 마! 충분히 때려낼 수 있어!"

선수들은 한술 더 떠 박건호를 공만 빠른 3류 투수쯤으로 깎아내렸다.

"후우……."

데이브 페렐타는 애써 숨을 골랐다. 그리고 박건호를 너무 얕잡아 봤다고 자책했다.

'그래, 상대는 건이야. 다른 녀석들과는 달라. 그렇게 쉽게 무너지진 않을 거라고.'

구심의 재촉에 타석에 들어서며 데이브 페렐타가 방망이를 단단히 들어 올렸다. 언론이 떠들어 대는 것처럼 박건호가 흔들리진 않았지만 악착같이 버티다 보면 분명 기회가 찾아올 것이라고 굳게 믿었다.

그러나 박건호는 데이브 페렐타에게 헛된 희망을 안겨줄 마음이 눈곱만큼도 없었다.

퍼엉!

박건호의 손끝을 빠져나간 공이 또다시 몸 쪽으로 파고들었다. 데이브 페렐타가 움찔하며 어깨를 들썩여 봤지만 공은 순식간에 스트라이크존을 꿰뚫은 뒤 오스틴 번의 미트를 흔들어 놓았다.

퍼엉!

투 스트라이크 노 볼 상황에서 3구째 공도 몸 쪽이었다.

데이브 페렐타는 내심 바깥쪽을 기다렸지만 상대 전적상 압도적인 우위에 있는 박건호는 조금도 머뭇거리지 않고 데이브 페렐타의 몸 쪽에 106mile/h(≒170.6km/h)의 포심 패스트볼을 꽂아 넣었다.

"스트라이크, 아웃!"

구심의 요란스러운 콜 소리가 경기장에 울려 퍼졌다. 그러자 관중들의 표정이 굳어졌다.

"뭐야? 오늘 저 녀석 컨디션이 좋지 않다며?"

"그러게 말이야. 던지는 거 보니까 평소랑 똑같은데?"

"재수 없는 소리 말고 좀 잠자코 지켜봐. 건이 그렇게 만만한 녀석도 아니잖아?"

"언론에서 그렇게 들쑤셔 댔으니 아마 며칠간 잠도 자지 못했을걸? 두고 봐. 한두 이닝은 버티더라도 금방 무너져 버릴 테니까."

다이아몬드백스 팬들은 쉽게 희망을 버리지 않았다. 일부 팬은 방울뱀에 물린 날이라는 피켓을 들어 올리며 박건호가 흔들리기를 손꼽아 기다렸다.

하지만 박건호는 데이브 페렐타에 이어 2번 타자 크리스 오웡과 3번 타자 야스마니 톰슨까지 연속 3구 삼진으로 돌려세우고는 당당히 마운드를 내려갔다.

"괜찮아. 괜찮아. 이제 1회가 끝났을 뿐이라고. 기회는 얼마든지 있을 테니까 다들 침착하게 건이 무너지길 기다리라고. 알았지?"

토레이 르블로 감독은 직접 나서서 선수들을 독려했다. 언론의 예상과 달리 박건호가 초반에 호투를 펼치긴 했지만 그 집중력은 오래가지 않을 것이라고 여겼다.

타이안 워커가 다저스 타선을 잘 막아내고 다이아몬드백스 타자들이 끈질기게 박건호를 물고 늘어지다 보면 분명 기회가 올 것이라고 믿어 의심치 않았다.

─건, 단 9개의 공으로 세 개의 삼진을 잡아냅니다.
─아직까지는 순조로운 모습입니다.

콕스 TV 중계진도 평소와 달리 신중한 입장을 유지했다. 그러나 박건호의 투구는 2회에도, 3회에도 별반 달라지지 않았다.

타순이 한 바퀴 돈 4회와 중심 타선과 맞닥뜨린 5회에도 마찬가지였다.

퍼엉!

박건호는 최고 구속 106mile/h(≒170.6㎞/h)의 포심 패스트볼을 앞세워 다이아몬드백스 타자들을 침묵하게 만들었다.

반면 타이안 워커는 깔끔하게 출발한 1회의 피칭을 이어 나가지 못했다.

매 이닝 선두 타자를 내보냈고 박건호가 한껏 기세를 끌어올린 4회와 5회에는 연속해서 만루 위기까지 맞으며 고전했다.

형식적이나마 유지되던 투수전 양상이 무너진 것은 6회 초.

따악!

선두 타자로 나선 안승혁이 힘껏 잡아당긴 타구가 다저스 스타디움의 오른쪽 담장을 살짝 넘어가면서 전광판의 점수가 달라졌다.

–아아, 타이안 워커. 결국 실점하고 맙니다.

–5회까지 다저스 타자들을 잘 막아 왔는데요. 전반기에 18개의 홈런포를 때려낸 안을 넘어서지 못합니다.

다저스의 공세는 여기서 끝나지 않았다. 6번 타자 저스트 터너가 중전안타로 출루하고 7번 타자 엔리 에르난데스가 사사구를 골라 나가며 무사 1, 2루의 기회를 이어 나갔다.

"어떻게 해야 할까요?"

론 가르덴 벤치 코치가 토레이 르블로 감독을 바라봤다.

4회부터 급격히 늘어난 타이안 워커의 투구 수는 어느덧 100구를 바라보고 있었다. 체력적으로 한계에 부딪힌 만큼 더 이상 점수를 내주기 전에 교체하는 게 나을 것 같았다.

하지만 토레이 르블로 감독은 자존심 때문에라도 타이안 워커를 여기서 내리고 싶지 않았다.

"하위 타선이잖아. 일단 지켜보자고."

"그래도 만약을 대비해 불펜을 준비시키겠습니다."

"마음대로 해."

론 가르덴 코치의 전화 한 통에 다이아몬드백스 불펜이 예열을 시작했다.

그사이 모렐 허샤이저 감독은 8번 타자 오스틴 번을 불러 직접 작전을 주문했다.

"오스틴, 번트를 대."

"알겠습니다."

"가능하면 투수 쪽으로 대도록."

"투수 쪽으로요?"

오스틴 번이 눈을 똥그랗게 떴다.

주자 1, 2루 상황이라면 3루 쪽 라인에 최대한 붙여 번트를 대는 게 정석이었다. 자칫해서 투수나 1루수 쪽으로 타구가 구르면 2루 주자가 3루에서 포스 아웃될 가능성이 높았다.

그러자 모렐 허샤이저 감독이 오스틴 번의 어깨를 감싸며 말했다.

"초구와 2구는 번트를 대는 척만 하고 그냥 지켜봐. 그리고 3구째 번트를 대. 저스트 터너는 곧바로 3루로 뛸 거야. 하지만 흥분한 타이안 워커는 아무것도 모르고 3루로 공을 던지겠지. 내 말, 무슨 뜻인지 알겠지?"

모렐 허샤이저 감독은 가능하면 아웃 카운트를 늘리지 않고 만루를 만들고 싶었다. 그래야만 박건호 타석이 돌아오더라도 추가점을 뽑을 수 있다고 판단했다.

"알겠습니다, 감독님."

오스틴 번이 씩 웃으며 타석에 들어섰다. 그러고는 초구부터 번트 자세를 취했다.

"이 자식이!"

타이안 워커는 초구에 몸 쪽 높은 코스로 포심 패스트볼을 붙여넣었다. 그러고는 재빨리 마운드 앞으로 달려들었다.

하지만 오스틴 번은 번트를 대지 않았다. 냉큼 방망이를 거두고는 혀를 내두르며 고개를 절레절레 흔들어 댔다.

"내가 쉽게 번트를 대게 둘 것 같아?"

타이안 워커는 2구째도 바깥쪽으로 빠져나가는 슬라이더를 던졌다. 오스틴 번이 번트를 시도한다 해도 좋은 타구가 나오기 어려운 코스였다.

그러나 오스틴 번이 2구마저 걸러내면서 상황이 달라졌다.

노 스트라이크 투 볼.

승부의 주도권이 오스틴 번에게 넘어가고 만 것이다.

"거르는 한이 있더라도 까다롭게 가자."

포수 터프 고스비쉬는 3구째 몸 쪽에 가라앉는 스플리터를 요구했다. 괜히 스트라이크존을 공략하다가 정타를 얻어맞을 수도 있다고 판단한 것이다.

그러나 타이안 워커는 또다시 만루를 채울 생각이 없었다.

"저 녀석이 내 공을 칠 수 있을 것 같아?"

타이안 워커가 여전히 자신만만한 눈으로 오스틴 번을 노려봤다. 앞선 두 타석에서 전부 삼진으로 잡아낸 만큼 이번에도 마음만 먹으면 삼진을 잡을 수 있다고 여겼다.

타이안 워커의 고집을 꺾지 못한 터프 고스비쉬는 어쩔 수 없이 몸 쪽 꽉 찬 포심 패스트볼을 던졌다. 그러면서도 가급적 낮은 코스를 요구했다.

하지만 타이안 워커의 손끝을 빠져나간 공은 거의 오스틴 번의 가슴 높이로 날아들었다.

'좋았어!'

오스틴 번은 즉시 방망이를 쭉 밀어냈다. 저스트 터너가 투구와 동시에 스타트를 끊었기 때문에 굳이 타구 방향은 신경 쓰지 않았다. 까다로운 코스로 흐르면 좋고 모렐 허샤이저 감독의 주문대로 투수 정면으로 굴러도 손해 볼 건 없다고 여겼다.

그런데 공교롭게도 타구는 마운드 왼쪽으로 흘렀다.

"내가 잡을게!"

투구 후 1루 쪽으로 몸이 기울었던 타이안 워커가 다급히 소리쳤다. 그러고는 냉큼 타구 앞으로 달려가 맨손으로 공을 움켜쥐었다.

"1루!"

주자의 움직임을 살피던 터프 고스비쉬가 다급히 1루 쪽을 가리켰다. 하지만 타이안 워커는 터프 고스비쉬의 지시를 무시하고 3루 쪽으로 몸을 돌렸다.

그러다 3루에 거의 다 도착한 저스트 터너를 발견하고는 당황한 나머지 악송구를 범하고 말았다.

"빠졌어! 돌아! 돌아!"

3루수 제이슨 램의 글러브 끝에 걸린 송구가 굴절되어 외야로 구르자 크리스 우드 3루 코치가 미친 듯이 팔을 내돌렸다.

그사이 3루를 노렸던 저스트 터너가 홈을 밟았다. 그리고 1루 주자 엔리 에르난데스와 타자 주자 오스틴 번은 한 베이스씩 더 진루했다.

"하아……. 미치겠군."

그야말로 최악의 상황이 펼쳐지자 토레이 르블로 감독이 이마를 매만졌다. 타이안 워커를 믿었건만 설마하니 이런 말도 안 되는 짓을 저지를 것이라고는 생각지도 못한 모양이었다.

"지금이라도 투수를 바꾸는 게 좋겠습니다."

론 가르덴 벤치 코치가 다시 한번 권했다.

"세비를 준비시켜."

토레이 르블로 감독도 이내 고개를 끄덕였다. 그러고는 구심에게 새 공을 받아 들고 마운드로 향했다.

그렇게 타이안 워커를 대신해 우완투수 세비 밀러가 마운드에 올랐다.

세비 밀러는 97mile/h(≒156.1㎞/h)의 빠른 공을 앞세워 박건호를 투수 앞 땅볼로 유도했다. 박건호가 3루 주자를 불러들이기 위해 노력했지만 세비 밀러의 공은 만만치가 않았다.

첫 번째 아웃 카운트를 잡아낸 세비 밀러는 1번 타자 작 피터슨과 2번 타자 마이클 리드를 연속 삼진으로 돌려세우고 이닝을 끝마쳤다.

–세비 밀러, 더 이상의 추가점을 허용하지 않습니다.

–오스틴 번의 타석 때 마운드에 올랐으면 더 좋았을 텐데요. 다이아몬드백스로서는 아쉬움이 남을 것 같습니다.

다른 때 같았다면 경기가 끝난 것처럼 떠들어 댔겠지만 콕스 TV 중계진은 여전히 신중한 자세를 이어갔다. 6회 타이안 워커가 무너진 것처럼 박건호도 언제든 흔들릴지 모른다고 생각한 것이다.

중계 카메라에 비친 박건호도 어딘지 모르게 불편한 모습이었다. 앞서 세비 밀러의 몸 쪽 꽉 찬 포심 패스트볼을 때려 내는 과정에서 적잖게 충격을 받은 것 같았다.

하지만 투수판을 밟은 박건호는 언제 그랬냐는 듯 초구부터 104mile/h(≒167.3㎞/h)의 포심 패스트볼을 때려 넣었다.

퍼엉!

순식간에 사라져 버린 공을 지켜보며 에이제이 콜락이 혀를 빼물었다. 전광판에 찍힌 구속은 1회와 큰 차이가 없었다. 하지만 타석에서 느껴지는 공의 움직임은 1회보다 더욱 날카롭게 느껴졌다.

"대체 언제까지 기다리라는 거야?"

에이제이 콜락이 더그아웃을 바라봤다. 박건호가 평소와 다를 바 없는 투구를 이어가는데도 불구하고 기회가 찾아올 거라 확신하고 있는 벤치의 판단이 이해가 가지 않았다.

물론 에이제이 콜락도 언론들이 멋대로 떠드는 건 잘 알고 있었다. 그리고 실제 상당수의 스타플레이어가 언론들의 입방아에 휘둘려 성적이 곤두박질치기도 했다. 그러나 개중에는 언론이 뭐라건 전혀 흔들리지 않는 선수들도 분명 존재했다.

　에이제이 콜락은 박건호가 후자라고 여겼다. 전자였다면 6회까지 오기도 전에 진즉 무너졌을 것이라고 생각했다.

　만약 자신의 판단이 맞다면 지금이라도 전략을 바꿔야 했다. 박건호가 알아서 흔들리길 기다리는 멍청한 짓은 접어두고 평소처럼 박건호를 집요하게 물고 늘어져야 했다.

　그러나 다이아몬드백스 벤치는 여전히 희망을 버리지 않았다. 오히려 박건호가 6회에도 무리를 하고 있다며 7회나 8회쯤 기회가 올 것이라고 기대를 높였다.

　그사이 박건호는 에이제이 콜락과 터프 고스비쉬, 그리고 세비 밀러를 연속 삼진으로 돌려세우고 이닝을 끝마쳤다.

　6회까지 투구 수는 고작 68구. 탈삼진은 무려 15개였다.

　-건, 변함없이 견고한 피칭을 선보입니다.

　-다이아몬드백스의 하위 타선이 전혀 타이밍을 맞추지 못하고 있는데요.

　-하지만 세 번째 타순이 시작되는 7회는 다를지도 모릅니다.

　콕스 TV 중계진도 다이아몬드백스 벤치만큼이나 뭔가 일이 터져 주길 기대했다. 만약 이대로 경기가 끝나 버린다면 일부 극성 언론에 휘말려 함께 호들갑을 떨었던 것에 대한 책임을 져야 할 것 같았다.

7회 초, 다시 마운드에 오른 세비 밀러가 다저스의 클린 업 트리오를 범타로 돌려세우고 내려가자 중계 카메라가 기다렸다는 듯이 박건호를 비췄다.

중계석에서는 경기가 종반으로 접어든 만큼 박건호의 부담감이 클 것이라는 멘트가 흘러나왔지만 정작 박건호는 오스틴 번과 한가롭게 농담을 주고받으며 웃고 있었다.

—건, 지금 오스틴 번과 무슨 이야기를 하는 걸까요?

—글쎄요. 그것까진 모르겠지만 저 미소를 보고 있으니……
우리 모두가 뭔가 큰 착각을 하고 있었던 것 같습니다.

—저도 방금 그 생각이 들었는데요.

—지금 화면에 전반기 때 피칭과 오늘 피칭을 비교한 표가 나오고 있는데…… 아아. 달라진 게 없네요.

—네, 달라진 게 없어요. 평균 투구 수는 오히려 2개가 적고 탈삼진은 3개가 더 많네요.

—달라진 게 없는 게 아니라 더 좋은 투구를 선보이고 있습니다. 이런 투수에게 우리는 무엇을 기대했던 걸까요?

—이제부터라도 제대로 중계를 해야겠습니다. 더 이상 다른 무언가를 기대한다는 건, 건에 대한 예의가 아닌 것 같으

니까요.

　마운드에 오른 박건호는 1번 타자 데이브 페렐타를 포심 패
스트볼 3개로 잡아냈다.
　초구 103mile/h(≒165.8㎞/h)의 공을 바깥쪽에 하나 보여준 뒤
2구와 3구, 연속해서 105mile/h(≒169.0㎞/h)의 공을 붙여넣어
데이브 페렐타를 꼼짝 못 하게 만들었다.

　─데이브 페렐타, 스윙 한 번 해보지 못하고 삼진으로 물러
납니다. 건은 벌써 16개째 탈삼진인데요.
　─7회인데 105mile/h이네요. 건, 지난 며칠간 언론에 시달
렸던 선수가 맞나 싶을 정도입니다.
　─구속도 구속이지만 로케이션이 완벽합니다. 지금 화면으
로 나오고 있습니다만 전반기 때와 거의 비슷한 로케이션을
보여주고 있습니다.
　─이 화면을 왜 이제야 보여주는 걸까요?
　─그러게 말입니다. 조금 더 일찍 보여줬다면 우리도 조금
더 일찍 정신을 차렸을 텐데요.

　콕스 TV 중계진이 자책하는 사이 박건호는 2번 타자 크리
스 오윙도 삼진으로 돌려세웠다. 크리스 오윙이 포심 패스트

볼을 노리고 덤벼들었지만 단 한 번도 공을 건드리지 못했다.

그 순간 중계석으로 급히 메시지가 전달됐다.

―와우, 건! 대단합니다. 크리스 오윙을 삼진으로 잡으면서 연속 타자 탈삼진 타이 기록을 세웠습니다.

―10명이 맞나요? 9명 아니었나요?

―지금 확인해 보니 10명이 맞는 것 같습니다. 4회에 2번 타자 크리스 오윙부터 시작해 다시 크리스 오윙을 삼진으로 잡았으니까요.

―정말이지 말이 나오지 않은 선수입니다. 모두가 부진할 거라 예상한 경기에서 보란 듯이 메이저리그의 대기록을 달성합니다.

―1970년 토미 시버 이후 그 누구도 열 명의 타자를 연속해서 삼진으로 잡아내지 못했는데요.

―만약에 야스마니 톰슨까지 삼진으로 잡아낸다면 메이저리그의 연속 타자 탈삼진 기록은 건의 차지가 됩니다!

중계진의 호들갑에 맞춰 중계 카메라가 타석을 클로즈업했다.

박건호가 연속 타자 탈삼진 타이기록을 세웠다는 사실을 안 것일까. 야스마니 톰슨은 평소보다 방망이를 짧게 쥐고 있었다.

'삼진은 안 돼, 삼진은.'

앞선 두 타석에서 삼진으로 물러났던 야스마니 톰슨은 입술을 질근 깨물었다. 3번 타자로서 3연 타석 삼진을 당할 생각은 추호도 없었다. 또한 박건호의 대기록의 희생양으로 메이저리그 역사에 이름을 올릴 생각도 없었다.

오늘 다이아몬드백스의 타자들 중 박건호의 공에 가장 잘 대처한 건 4번 타자 필 골드슈미트였다.

성적은 2타수 무안타에 그쳤지만 삼진을 먹었던 4회에도 투 스트라이크 이후 세 개의 파울 타구를 만들어내며 박건호를 괴롭혔다. 박건호도 평소 다이아몬드백스 타자들 중 필 골드슈미트가 가장 까다롭다고 인정할 정도였다.

만에 하나 자신이 삼진을 당하고 필 골드슈미트가 삼진을 면한다면? 박건호의 11타자 연속 탈삼진을 설명할 때 매번 자신의 이름이 언급될 게 뻔했다.

'그럴 순 없지.'

야스마니 톰슨은 최대한 많은 공을 지켜보라는 벤치의 주문을 머릿속에서 깨끗이 지웠다. 그리고 박건호의 초구가 바깥쪽으로 날아들기가 무섭게 달려들 듯 방망이를 내돌렸다.

딱!

방망이 끝부분에 걸린 타구가 둔탁한 소리를 내며 3루 쪽으로 굴러갔다.

'됐어!'

삼진을 면한 야스마니 톰슨은 마치 안타라도 때려낸 것처럼 활짝 웃으며 1루로 내달렸다. 그러다 1루심의 아웃 사인을 확인하고는 애써 무덤덤한 얼굴로 더그아웃을 향해 몸을 돌렸다.

─아아, 아쉽네요. 건, 토미 시버를 넘어서는 건 다음 기회를 노려야 할 것 같습니다.

─그래도 지난 50년 가까이 그 누구도 달성하지 못했던 대기록을 작성했습니다.

─이미 건은 경기 시작과 동시에 9타자 연속 탈삼진 기록을 갈아치운 바 있는데요.

─지난 파드리스전이었죠. 1번 타자부터 9번 타자까지 전부 삼진으로 돌려세우며 제이크 디그롬과 짐 드사이드가 가지고 있었던 8타자 연속 삼진 기록을 넘어섰습니다.

─그때도 10타자 연속 탈삼진 타이 기록을 세울 수 있었는데 기습 번트 작전으로 무산됐죠?

─그 점에 대해서 샌디에이고 언론들이 이례적으로 사과의 메시지를 전하기도 했었죠. 어쨌든 건, 연속 타자 탈삼진 신기록 작성에는 실패했지만 무려 10명의 타자를 연속해서 삼

진으로 잡아내며 17개의 탈삼진을 기록합니다.

－이제 남은 아웃 카운트는 6개인데요. 건이 과연 몇 개의 탈삼진을 추가할 수 있을까요?

－글쎄요. 필 골드슈미트와 터프 고스비쉬를 제외하고 전부 연타석 삼진을 당했으니 최소한 3개 이상은 가능할 것 같은데요.

－참고로 메이저리그 9이닝 최다 탈삼진 기록은 건이 가지고 있습니다. 지난 월드시리즈에서 무려 21개를 잡아냈죠.

－또한 한 경기 최다 탈삼진 기록 타이었죠.

－톰 제니가 16이닝 동안 21개의 삼진을 잡아냈으니 건의 기록이 인정되야 하는 게 아니냐고 생각하시는 시청자가 많겠지만 메이저리그는 승패가 갈리지 않는 한 이닝의 제한이 없습니다. 누군가 22이닝을 던져 이닝 당 하나씩 삼진을 잡았다 하더라도 한 경기 최다 탈삼진 기록으로 인정할 수밖에 없는 셈이죠.

－물론 분업화된 현대 야구에서 한 명의 투수가 22이닝을 던질 일은 없겠지만요.

중계진들은 박건호의 탈삼진 기록 달성 여부를 두고 떠들어 대기 시작했다. 아직까지 퍼펙트 상황이긴 했지만 그보다는 한 경기 최다 탈삼진 기록 경신 쪽에 초점을 맞췄다.

박건호도 내심 신기록 작성에 욕심을 냈다.

"오스틴, 8회에 스무 개를 채우자."

"스무 개? 필 골드슈미트도 삼진으로 잡겠다 이거지?"

"왜? 자신 없어?"

"자신 없긴. 오히려 기다렸던 바야."

8회 초 다저스의 공격이 득점 없이 끝나고 8회 말 선두 타자로 필 골드슈미트가 들어서자 오스틴 번은 지체없이 몸 쪽 높은 포심 패스트볼을 요구했다.

필 골드슈미트는 장타력과 정확함, 침착함을 갖춘 내셔널 리그 최고의 타자 중 하나였다. 또한 리그에서 손꼽히는 좌완 킬러이기도 했다.

올해도 전반기에만 3할 1푼대의 타율과 24개의 홈런, 77타점을 쓸어 담으며 MVP 유력 후보로 거론되고 있었다.

그런 필 골드슈미트를 상대로 초구부터 몸 쪽 높은 포심 패스트볼을 던진다는 건 어지간한 배짱으로는 불가능했다.

심지어 박건호와 함께 사이영 상을 다투는 슬레이튼 커쇼조차 필 골드슈미트에게는 커브의 비중을 높일 정도였다.

하지만 사인을 받은 박건호는 대수롭지 않게 고개를 끄덕였다. 그리고 오스틴 번의 미트를 향해 힘차게 공을 내던졌다.

후앗!

박건호의 손끝을 빠져나간 공이 한복판을 지나 필 골드슈미트의 몸 쪽으로 파고들었다.

'어딜!'

필 골드슈미트는 망설이지 않고 눈높이로 들어오는 공을 향해 방망이를 내돌렸다. 하지만 새하얀 공은 생각했던 것보다 훨씬 빠르게 홈 플레이트를 가로질러 오스틴 번의 미트 속으로 사라져 버렸다.

퍼엉!

묵직한 포구 소리가 대포 소리처럼 울려 퍼졌다. 뒤이어 중계석에서 비명이 터져 나왔다.

―건! 거어어어어언! 107mile/h(≒172.2㎞/h)입니다!

―하하. 진짜 뭐라고 말을 해야 할지 모르겠습니다.

―할 말이 없다면 저처럼 비명이라도 질러봐요.

―그럼 그럴까요? 으아아아아! 거어어어언! 이 괴물 같은 친구야! 내가 잘못했으니까 적당히 좀 하라고오오!

애리조나 볼파크는 그야말로 침묵에 빠져들었다.

8회 말. 유일한 희망이나 마찬가지인 4번 타자 필 골드슈미트를 헛방망이질하게 만든 107mile/h의 공 앞에 모든 희망을 놓아버린 것이다.

"젠장. 이게 뭐야."

"하아⋯⋯. 내가 이럴 줄 알았어."

"뭐? 건을 물겠다고? 헛소리 마. 애당초 방울뱀 따위는 건의 적수조차 되지 않았다고."

"젠장. 우리 방울뱀이 무슨 잘못이야? 이게 다 저 멍청한 선수들 때문이잖아."

"정말 쓸데없이 돈만 축내는 놈들은 싹 다 내보냈으면 좋겠어."

"스카우터들은 대체 뭘 하는 거야? 한국 쪽에서는 아직도 소식이 없는 거야?"

허탈함을 참지 못한 관중들이 불만을 쏟아내기 시작할 때쯤 박건호의 손끝에서 2구가 날아들었다.

이번에도 코스는 몸 쪽 높은 곳.

필 골드슈미트가 이를 악물고 방망이를 내돌려 봤지만.

퍼엉!

포구 소리가 경기장에 울려 퍼지는 걸 막지 못했다.

―이번에는 105mile/h(≒169.0㎞/h)의 빠른 공입니다.

―볼카운트는 투 스트라이크 노 볼. 건에게 절대적으로 유리해졌습니다.

―필 골드슈미트, 앞선 타석에서는 건이 던진 유인구들을 전부 걸어냈는데요.

-오스틴 번, 과연 건에게 어떤 공을 요구할지 지켜보겠습니다.

중계 카메라가 오스틴 번을 크게 잡았다.

잠시 더그아웃을 바라보던 오스틴 번은 가랑이에 손가락을 집에 넣어 검지 하나를 흔들어 보인 뒤 또다시 필 골드슈미트의 몸 쪽으로 미트를 들어 올렸다.

"이번 기회에 확실히 잡자 이거지?"

오스틴 번의 속내를 확인한 박건호가 피식 웃었다. 이번 3연전에서 확실한 위닝 시리즈를 챙기기 위해서라도 4번 타자 필 골드슈미트의 기세를 꺾어놓을 필요가 있을 것 같았다.

"자신 있으면 아까처럼 건드려 보시든가."

길게 숨을 고른 뒤 박건호가 오스틴 번의 미트를 향해 이를 악물고 공을 내던졌다.

후앗!

박건호의 손끝을 빠져나간 공이 순식간에 홈 플레이트를 가로질렀다. 그리고 필 골드슈미트가 반응하기도 전에 오스틴 번의 미트 속에 파묻혔다.

퍼어엉!

흡사 폭탄이 터지는 것 같은 포구 소리가 경기장에 울려 퍼졌다. 뒤이어 전광판에 찍힌 106mile/h(≒170.6㎞/h)이라는 숫자가 다이아몬드백스 팬들을 더욱 비참하게 만들었다.

"후우……."

필 골드슈미트도 고개를 절레절레 흔들고는 더그아웃으로 몸을 돌렸다. 도저히 이길 수가 없다. 말을 하진 않았지만 필 골드슈미트의 표정이 그렇게 말해주고 있었다.

그 절망감이 다른 타자들에게도 전염이 된 것일까.

"스트라이크, 아웃!"

"스트라이크, 아웃!"

전반기에 50홈런을 합작한 5번 타자 제이슨 램과 6번 타자 브랜드 드루리도 박건호의 포심 패스트볼에 헛스윙만 연발하고 물러나고 말았다.

9회 초 박건호는 선두 타자로 타석에 들어섰다.

바뀐 투수 조스 콜멘터는 퍼펙트게임과 한 경기 최다 탈삼진 기록을 눈앞에 둔 박건호가 타격을 포기할 거라 여겼다. 그래서 초구부터 한복판에 포심 패스트볼을 집어넣었다.

다저스 벤치에서도 박건호에게 무리하게 타격을 할 필요가 없다고 권했다.

하지만 박건호는 한가운데에 빠른 공이 들어오자 반사적으로 방망이를 내돌렸다. 그리고 방망이 중심에 제대로 걸린 타구는 그대로 왼쪽 담장을 살짝 넘어가 버렸다.

2 대 0의 점수가 눈 깜짝할 사이에 3 대 0으로 바뀌었다.

"누가 꿈이라고 말해줘."

그제야 토레이 르블로 감독의 입에서 절규가 흘러나왔다.

하지만 다저스 타자들은 아랑곳하지 않고 4개의 안타를 집중시키며 9회에만 4점을 뽑아냈다. 그리고 박건호에게 7 대 0이라는 리드를 안겨주었다.

"감독님, 제가 올라가도 되는 거죠?"

마운드에 오르기 전 박건호가 모렐 허샤이저 감독을 바라봤다. 그러자 모렐 허샤이저 감독이 가볍게 고개를 끄덕였다.

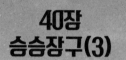

40장
승승장구(3)

8회까지 투구 수는 86구.

애당초 80구 제한이었다면 9회를 다른 투수에게 넘겨야겠지만 90구로 투구 수를 조정한 만큼 박건호를 막을 방법은 없었다.

게다가 퍼펙트 상황이었다. 이런 경기에서 박건호를 보호하겠다고 투수를 바꿨다간 다저스 팬들이 감독자리에서 물러나라고 시위를 할지도 몰랐다.

"건, 모처럼 만에 완투니까 확실히 책임져라."

"넵, 알겠습니다."

박건호가 씩 웃으며 마운드에 올랐다. 그리고 보란 듯이 세 타자를 범타로 돌려세우고 이번 시즌 2번째 퍼펙트게임을 달성했다.

2

다저스 건! 9이닝 22K 퍼펙트! 한 경기 최다 탈삼진 기록
경신!

건, 올 시즌 두 번째 퍼펙트게임 달성! 다이아몬드백스에 6
대 0 완승!

건은 죽지 않았다! 슈퍼 건, 방울뱀을 짓밟고 자존심 지켜!

메이저리그 기록 파괴자 건! 올 시즌 두 번째 퍼펙트 & 22K
달성!

경기가 끝나자 메이저리그 각 언론은 앞다투어 박건호의
호투를 보도했다.

경기 초반 방울뱀에 물린 날이라는 피켓을 든 다이아몬드
백스 팬들의 사진을 올리며 '건, 조심해!'라는 제목으로 박건
호를 조롱했던 일부 극성 언론도 냉큼 기사들을 내리고는 박
건호 찬양 여론에 동조했다.

그동안 언론들의 박건호 흔들기에 홀로 저항해 왔던 LA 언
론들은 기다렸다는 듯이 기사들을 쏟아냈다.

그중에서 최고의 조회 수를 기록한 건 멍청이들, 슈퍼 건은

방울뱀 따위에 물리지 않아라는 제목의 기사였다.

　└방울뱀 따위가 건에게? 하하하. 올해 들어본 농담 중 가장 웃긴 말이야.

　└애당초 건은 하늘 위를 날고 있다고. 땅이나 기어 다니는 방울뱀이 물 수가 없어.

　└언론들이 말도 안 되는 걸 꼬투리 잡고 건을 왕좌에서 끌어내리려 했지만 건은 자신이 메이저리그 최고라는 걸 실력으로 보여줬지.

다저스 팬들은 신이 나서 댓글들을 써 갈겼다. 다이아몬드백스 팬들도 언론에 동조하는 게 아니었다고 후회했다.

　└건을 건드리지 말았어야 했어. 타이안 워커가 멋대로 떠들 때 입을 틀어막았어야 했다고.

　└젠장. 이게 뭐야? 퍼펙트게임으로도 모자라서 탈삼진만 22개나 먹다니!

　└아마 오늘 일은 다이아몬드백스 역사상 최고의 치욕으로 기억될 거다.

　└정말 다이아몬드백스를 응원했다는 게 치욕스러워.

전문가들은 이번 일이 단순한 해프닝으로 끝나서는 안 된다고 말했다.

"자의든 타의든 간에 건은 올스타전에서 0.1이닝만 던졌습니다. 그리고 다음 경기를 대비하기 위해서란 말을 했죠. 아마 그것 때문에 팬들과 언론들이 화가 났다고 봅니다. 하지만 그 방식은 치졸할 정도로 잘못됐습니다."

"아직도 메이저리그 기자들 중 상당수는 메이저리그가 백인들의 리그가 되어야 한다고 착각하고 있습니다. 그래서 백인이 아닌 선수들이 정상에 서는 꼴을 오래 지켜보지 못합니다. 조금만 여지가 있어도 흔들고 비난하고 깎아내리며 어떻게든 최고의 자리에서 끌어내리려고 발버둥을 치죠. 솔직히 이건 인종차별을 넘어선 인종탄압입니다."

"솔직히 건은 지난해보다 더 좋은 모습을 보여줬습니다. 투구 이닝을 제외하곤 모든 부분이 조금이나마 좋아졌죠. 그 투구 이닝도 다저스 구단의 관리 때문이니 건이 작년만 못하다고 깎아내릴 수가 없습니다. 그런데도 상당수 기자가 슬레이튼 커쇼가 건보다 낫다는 논조의 기사들을 쏟아냈습니다. 실제 당사자인 슬레이튼 커쇼조차 이런 기사는 거북하다는 입장을 밝혔는데도 말이죠."

"슬레이튼 커쇼가 다시 메이저리그 최고의 투수가 되길 바라는 마음에서 쓴 기사였다고 해도 부적절했다는 비난을 피하기 어려울 겁니다. 하물며 동양인이 메이저리그 최고의 투수로 불린다는 사실이 싫어서 고의로 쓴 기사라면 기자로서 자격이 없다고 봐야 할 겁니다."

메이저리그 전문가들 중 상당수는 전직 메이저리그 스타플레이어였다. 그리고 그들 중 다수는 백인과 반대편에 서 있는 유색인종이었다.

박건호의 승리를 계기로 전문가들이 문제를 제기하자 메이저리그 사무국도 메이저리그 선수들과 출입 기자들을 상대로 인종 차별적인 문제가 없었는지 심도 있는 조사를 하겠다고 발표했다. 또한 미국 언론 중재 위원회도 문제가 된 기사들의 작성 의도를 파헤쳐 보겠다고 나섰다.

일이 커지자 양심에 가책을 느낀 기자들은 SNS를 통해 박건호에게 사과의 글을 올렸다. 몇몇 기자는 울면서 박건호의 집을 찾아오기까지 했다.

"일이 왜 이렇게 커진 거지?"

박건호는 하루아침에 돌변한 분위기가 당혹스러웠다. 언론들의 비아냥에 작심하고 경기를 준비한 건 사실이지만 그렇다고 이런 결과를 원했던 것은 아니었다.

두 번째 퍼펙트게임과 한 경기 최다 탈삼진 기록 경신. 그리고 연속 타자 탈삼진 타이기록까지.

메이저리그 역사에 남을 세 가지 기록을 한꺼번에 달성했다는 것만으로도 박건호는 배가 불렀다. 야구 선수로서 이번 일이 더 이상 논란이 되는 걸 원치 않았다.

하지만 본의 아니게 박건호의 집에 머물게 된 제시카 테일러의 생각은 달랐다.

"난 이번 기회에 철저하게 조사하는 게 옳다고 봐요."

"그래?"

"만약 이대로 흐지부지된다면 미국인의 한 사람으로서 난 건의 곁에 있을 수가 없을 거 같아요."

"그, 그럼 철저하게 조사해야지. 암, 그렇고말고."

박건호는 인터뷰를 통해 사태를 진정시키겠다는 애당초 생각을 뒤집었다. 그리고 자신을 향해 몰려든 언론을 향해 담담히 말했다.

"내가 메이저리그에서 야구를 해야 하는 다른 이유가 필요합니다."

고심 끝에 내뱉은 박건호의 한마디는 짧지만 강렬했다. 해석의 차이는 있겠지만 여차하면 메이저리그를 떠나겠다는 경고나 다름없었다.

"건이 메이저리그를 떠나게 놔둘 수는 없어!"

메이저리그 커미셔너는 곧바로 긴급회의를 소집했다.

그리고 1차 조사를 통해 공공연하게 인종 차별적인 발언을

했던 메이저리그 출입 기자 20명에게 출입증을 회수하고 영구 출입 금지 조치를 내렸다.

또한 해당 기자들이 소속된 언론사에도 대대적인 사과를 하라고 촉구했다. 만약 요구가 받아들여지지 않을 경우 해당 언론사의 취재에 일절 협조하지 않겠다고 선언했다.

메이저리그 사무국이 직접 나서자 언론들도 곧바로 꼬리를 내렸다. 몇몇 언론사 내부에서는 메이저리그에 강경 대응해야 한다는 목소리가 터져 나왔지만 크게 힘을 받지 못했다. 미국 4대 프로 스포츠로 불리는 메이저리그의 영향력을 무시하기 어려웠기 때문이다.

무엇보다 인종차별이라는 죄질이 나빴다. 언론들이 메이저리그 사무국의 요구를 무시할 경우 미식축구(NFL)와 아이스하키(NHL), 농구(NBA) 등 다른 인기 프로 스포츠들도 보이콧에 참여할지 몰랐다.

"콕스 TV는 이번 건과 관련한 부적절한 보도들에 대해 건을 비롯한 전 세계 메이저리그 팬들에게 사과합니다."

역사적인 경기를 생중계했던 콕스 TV를 시작으로 수많은 스포츠 채널들이 앞다투어 사과의 말을 전했다. 신문사들도 홈페이지와 조간 1면에 사과 글을 게재하고 다시는 같은 일이 일어나지 않도록 노력하겠다고 약속했다.

언론에서 연일 인종차별 문제를 다루는 동안에도 메이저리그 후반기 일정은 차질 없이 진행됐다.

다저스 구단은 박건호가 이번 논란으로 인해 경기에 집중하지 못하게 될까 봐 걱정했다.

그러나 박건호는 연일 호투를 펼치며 자신을 매섭게 추격했던 슬레이튼 커쇼와의 격차를 벌려 나갔다.

시즌 성적 27승 2패. 388K. 평균 자책점 1.17

두 차례 퍼펙트게임을 포함해 3번의 노히트노런 경기를 치렀고 11번의 완투(완봉 9회)를 기록했다.

반면 슬레이튼 커쇼의 후반기는 전반기만 못했다. 전반기에 지나치게 페이스를 끌어올린 상황에서 박건호가 다시 치고 나가자 힘이 빠지는 모습을 보였다.

그럼에도 슬레이튼 커쇼의 시즌 성적은 커리어하이를 갱신했다.

25승 4패 247K 평균 자책점 1.57.

박건호만 없었더라도 만장일치로 사이영 상을 수상할 만한 결과였다.

소설 같은 MVP 듀오의 활약 덕분에 다저스는 2년 연속 내셔널 리그 서부 지구 우승을 차지했다.

112승 50패. 승률 0.691.

목표였던 승률 7할 달성에는 실패했지만 작년에 이어 내셔널 리그 승률 1위를 확보하며 한결 여유롭게 디비전 시리즈를 준비할 수 있었다.

내셔널 리그 중부 지구 1위는 컵스가 차지했다. 97승 65패 승률 0.599로 2연패를 하던 당시의 압도적인 모습까진 아니지만 중부 지구 맹주의 자리를 이어갔다.

내셔널 리그 동부 지구 우승팀은 내셔널스. 95승 67패, 승률 0.586을 기록했다. 메츠와의 마지막 시리즈를 남겨두고 한 경기차 2위였지만 원정 3연전을 전부 쓸어 담으며 승차를 뒤집고 역전 우승을 일궈냈다.

내셔널스 팬들은 다저스를 피할 수 있게 됐다며 기뻐했다. 반면 코앞에 있던 우승을 놓친 메츠 팬들은 절망에 빠져들었다.

설상가상 메츠가 와일드카드 결정전에서 카디널스에 발목이 잡히며 내심 꿈꿨던 월드시리즈 진출을 다음 기회로 미뤄야 했다.

원정 단판전에서 메츠를 잡아낸 카디널스는 기세등등했다.

"길고 짧은 건 대봐야 압니다."

LA 언론과의 인터뷰에서 카디널스 마이크 매스니 감독은 다저스를 꺾고 챔피언십 시리즈에 올라가겠다고 선언했다.

올 시즌 상대 전적이 3승 3패로 팽팽했던 만큼 충분히 해볼 만하다고 판단한 것이다.

하지만 거의 대부분의 전문가는 다저스의 3 대 0 완승을 예상했다.

"카디널스가 거둔 3승 중에 슬레이튼 커쇼와 건을 상대로 한 승리는 없습니다. 심지어 마에다 케이타에게도 고전하는 모습을 보였죠."

"카디널스 입장에서는 다저스를 상대로 강했던 카를로 마르티네스의 부재가 뼈아픕니다. 와일드카드 결정전 때 완투를 했으니 빨라도 3차전입니다. 그전에 다저스가 2승을 먼저 거둔다면 카디널스는 홈에서 다저스의 챔피언십 시리즈 진출을 축하해 줘야 할지 모릅니다."

전문가들의 예상은 정확하게 맞아떨어졌다.

1차전에서 1선발 슬레이튼 커쇼를 내세워 3 대 2, 한 점 차 승리를 거둔 다저스는 2차전에서 박건호 대신 마에다 케이타를 등판시켜 2승째를 챙겼다.

그리고 부스 스타디움으로 자리를 옮긴 3차전에 실질적인 에이스 박건호를 앞세워 카디널스를 셧아웃시켰다.

카디널스의 에이스 카를로 마르티네스가 7이닝 2실점으로 분전했지만 8이닝 동안 단 1개의 피안타만 허용한 채 15개의 탈삼진을 솎아낸 박건호의 압도적인 피칭 앞에 무릎을 꿇고 말았다.

내셔널스와 컵스의 맞대결은 팽팽할 거란 전망과 달리 컵스의 완승으로 끝이 났다.

제이슨 아리에타-존 레스트-카일 핸드릭스로 이어지는 수준급 선발진을 앞세워 내셔널스의 강타선을 침몰시켜 버린 것이다.

내셔널 리그의 디비전 시리즈에 이어 아메리칸 리그 디비전 시리즈도 3 대 0, 스윕 시리즈가 이어졌다.

동부 지구 1위 양키즈는 중부 지구 1위 타이거즈를 잡아냈고 서부 지구 1위이자 승률 1위인 레인저스도 와일드카드 결정전을 치르고 올라온 레드삭스를 제치고 챔피언십 시리즈에 진출했다.

상황이 이렇게 되자 컵스의 조 메이든 감독이 기자회견을 자청하고 긴급 제안을 내놓았다.

"공교롭게도 메이저리그의 모든 디비전 시리즈가 스윕 시리즈로 끝이 났습니다. 하지만 일정상 챔피언십 시리즈까지 나흘을 더 쉬어야 합니다. 이래서는 팬들에게 좋은 경기를 보여주기 어렵습니다. 그러니 차라리 휴식일을 이틀 정도로 줄이는 게 어떻습니까?"

휴식일 단축은 메이저리그 운영 원칙에 어긋나는 것이었다. 하지만 상당수 팬은 조 메이든 감독의 주장에 찬성의 뜻을 보였다.

└솔직히 괜찮지 않아? 모두가 다 이틀씩 휴식일을 단축시

키는 거잖아.

　└말도 안 되는 소리 마. 그럼 미리 표를 예매한 사람들은 어쩌라고?

　└물론 휴식일 단축이 쉽지는 않겠지만 메이저리그 사무국에서 움직인다면 충분히 가능하다고 봐. 무엇보다 앞으로 나흘간 멍하니 다음 경기를 기다리는 것보다는 나을 거라고.

　└선수들의 경기력 유지에도 확실히 도움이 될걸? 투수들은 모르겠지만 타자들은 나흘이나 쉬어버리면 감이 떨어질 테니까.

양키즈와 레인저스도 구단 SNS를 통해 찬성표를 던졌다. 모두가 공평하게 휴식일을 줄인다면 마다할 이유가 없다는 것이다.

하지만 다저스의 입장은 달랐다.

"팬들에게 양질의 경기를 보여주기 위해서라도 메이저리그 사무국은 원칙에 맞게 포스트시즌을 운영해 나가야 합니다."

알렉스 인터폴리스 부사장은 ESPM과의 인터뷰를 통해 단호하게 반대의 뜻을 전했다.

다저스 팬들도 휴식일 단축은 컵스의 꼼수일 뿐이라고 비난했다.

└팬들을 위해서라고? 헛소리 마. 그냥 건을 피하고 싶은 것뿐이라고 말해!

└그게 무슨 소리야?

└모렐 허샤이저 감독이 디비전 시리즈에서 건을 3선발로 쓴 이유는 챔피언십 시리즈에서 1선발로 쓰기 위해서지. 슬레이튼 커쇼가 1차전에서 많은 공을 던졌고 컵스의 에이스 제이슨 아리에타의 컨디션이 좋으니 건과 슬레이튼 커쇼의 순번을 맞바꾸려는 거였어. 그런데 조 메이든 감독의 말처럼 휴식일이 이틀로 줄어들어 버리면 다저스는 또다시 슬레이튼 커쇼-마에다 켄타-건의 순서대로 선발진을 운영할 수밖에 없어.

└잠깐. 그렇게 되면 컵스도 해볼 만한 거잖아?

└제이슨 아리에타-존 레스트-카일 핸드릭스 순서니까 제이슨 아리에타가 얼마나 잘 던지느냐에 따라 충분히 승산은 있는 셈이지.

└가장 중요한 건 휴식일을 줄이면 건을 두 번밖에 활용하지 못한다는 거야.

└컵스 입장에서는 건이 나오는 3차전과 6차전을 버리고 나머지 경기에 집중하면 되니까 확실히 이득이야. 어차피 카일 핸드릭스는 변수가 많으니까.

메이저리그 사무국은 운영 원칙과 티켓팅의 문제를 들어 조 메이든 감독의 제안을 받아들이지 않았다. 그러면서도 이번처럼 전 시리즈가 스윕 시리즈로 끝이 날 경우를 대비해 일정을 조정할 필요성은 있다고 덧붙였다.

"후우……. 하마터면 일정이 꼬일 뻔했네."

내심 조마조마한 심정으로 결과를 기다리던 박건호는 가슴을 쓸어내렸다.

"정말 다행이에요."

제시카 테일러도 수줍게 웃으며 박건호의 팔을 끌어안았다.

"그럼 그 날 가족들을 만날 수 있는 거지?"

"일정대로 진행되면 아마 다들 올 수 있을 거예요."

"이거 은근 긴장되는데?"

"우리 부모님 만나는 게 걱정돼요?"

"그것도 그거지만 미래의 처가 식구들이 보고 있는데 잘 던져야 하잖아. 안 그래?"

박건호는 홈에서 열리는 챔피언십 시리즈 1차전에 제시카 테일러의 가족들을 만날 예정이었다. 본래 월드시리즈 1차전에 초대할 계획이었지만 일정이 맞지 않아 챔피언십 시리즈로 앞당긴 것이다.

"너무 부담 갖지 마요. 누가 뭐래도 건은 메이저리그 최고의 투수니까요.”

제시카 테일러가 박건호의 목을 꼭 끌어안았다. 그러자 박건호가 씩 웃더니 제시카 테일러를 번쩍 안아 들었다.

“방금 그거. 신호 맞지?”

“그, 그런 거 아니에요.”

“에이, 아니긴 뭐가 아니야. 흐흐흐. 분명 제시카가 먼저 신호 보낸 거야. 그러니까 딴소리하지 말라고.”

박건호는 제시카 테일러와 함께 그대로 안방으로 들어갔다. 안승혁이 잠시 주방에 나와 물을 마시고 있었지만 전혀 신경 쓰지 않았다.

“에효…… . 여친 없는 놈은 서러워서 살겠나.”

안승혁이 나직이 한숨을 내쉬었다. 그러다 핸드폰을 만져 박지은의 톡 스토리에 들어갔다.

“지은아, 너는 언제 커서 오빠한테 시집올래?”

톡 스토리에는 박지은의 사진들이 잔뜩 올라와 있었다. 하지만 안승혁은 차마 좋아요 버튼을 누를 수가 없었다. 아직 박지은은 고3이었기 때문이다.

“후우…… . 배팅 볼이나 쳐야겠다.”

괜히 싱숭생숭해진 안승혁은 밤새도록 배팅 볼을 때렸다. 그 결과 컵스와의 1차전에서 4타수 무안타로 부진한 모습을 보였다.

하지만 경기는 다저스의 완승으로 끝이 났다.

건! 8이닝 무실점 16K! 컵스를 잠재우다!
건은 새끼 곰 학살자! 이변 따윈 일어나지 않았다.
제이슨 아리에타 7이닝 3실점 호투에도 패전. 건의 벽을 넘지 못하다.

1회에 실책성 안타와 내야 안타가 나오며 컵스가 무사 주자 1, 2루 기회를 만들 때까지만 해도 컵스 팬들은 기적을 꿈꿨다.

하지만 박건호는 보란 듯이 앤서니 라조−반 조브리스트− 메디슨 러셀을 3구 삼진으로 돌려세우고 이닝을 마쳤다.

그리고 이후 단 한 명의 주자도 1루를 밟도록 내버려 두지 않았다.

컵스의 에이스 제이슨 아리에타도 박건호 못지않은 호투를 펼쳤다.

1회부터 3회까지 9타자를 연속 범타로 돌려세운 데 이어 4회에도 1사 1, 3루 위기를 연속 삼진으로 넘어서며 에이스다운 피칭을 이어 나갔다.

하지만 제아무리 제이슨 아리에타라 하더라도 메이저리그 최고의 투수로 군림하는 박건호를 상대로, 그것도 원정 경기에서 팽팽한 투수전을 유지하기란 쉽지 않았다.

8회 말, 작 피터슨과 마이클 리드에게 연속 2루타를 얻어맞고 선취점을 내주고는 그대로 와르르 무너져버렸다.

경기 직후 박건호는 챔피언십 시리즈 1차전 MVP로 선정됐다. 그러나 박건호는 경기 MVP보다 제시카 테일러의 부모에게 결혼 승낙을 받았다는 사실이 더 기분 좋았다.

"자네라면 우리 제시카를 맡길 수 있겠어. 아직 어리고 많이 부족하지만 평생 아껴주게. 그것만 약속해 준다면 다른 건 바랄 게 없네."

박건호의 경이로운 피칭을 VIP 룸에서 지켜본 제시카 테일러의 가족들은 박건호에게 홀딱 반해버렸다. 다저스보다 에인젤스를 응원하던 몇몇 친척조차 경기 후 박건호가 나타나자 기념사진을 찍느라 정신이 없었다.

"제시카 가족들이 날 좋아해 줘서 다행이야."

"그런데 건의 가족들이 날 싫어하면 어쩌죠?"

"걱정하지 마. 우리 부모님도 제시카를 분명 마음에 들어 하실 테니까."

박건호는 내친김에 한국에 계신 부모님을 월드시리즈에 초대했다.

-그럼. 가야지. 가고말고. 우리 아들이 부르는데 어디든 못 갈까.

작년까지만 해도 먹고살기 바쁘다며 미국행을 꺼렸던 부모님은 기꺼이 초대에 응했다. 수능이 코앞인 박지은도 무조건 가겠다며 열의를 불태웠다.

"지은이 너는 안 와도 된다니까."

—흥, 됐거든? 자꾸 이런 식으로 나오면 오빠 외국인이랑 연애한다고 다 불어버린다?

"그랬단 봐. 용돈을 끊어버릴 테니까."

—그러니까 나 말리지 마. 우리 피차 손에 피 묻히지 말자고. 알았지?

박건호는 박지은이 월드시리즈보다 안승혁을 보고 싶어 한다는 걸 알고 있었다. 하지만 굳이 내색하지 않았다. 둘의 사이를 갈라놓는 건 30년짜리 악몽으로도 충분하다고 여겼다.

"좋아. 허락하지. 대신 이번에 확실히 지원해라."

—오케이. 콜.

"암튼 잘해. 하는 거 봐서 방학 때 비행기 티켓 끊어줄 테니까."

—추, 충성을 다하겠습니다!

박건호는 씩 웃으며 전화를 끊었다. 그리고 알렉스 인터폴리스 부사장에게 가족들을 위한 티켓을 부탁했다.

"세런, 월드시리즈 때 가장 전망 좋은 VIP 룸 좀 예약해 줘."

"알렉스, 아무리 알렉스라도 그건 무리예요. 그 자리를 노

164 **에이스**가 되자 10

리는 사람이 얼마나 많은데요."

"만약 내 가족들이 원했다면 나도 잘 타일렀겠지. 하지만 건의 요구는 거절하기 어렵다고."

"지금 건이라고 했어요?"

"그래, 건. 지난번에는 여자 친구의 가족들을 초대하더니 이번에는 한국에 있는 가족들을 초대하고 싶어 하는 거 같더라고."

"그렇다면 만들어 봐야죠. 다른 사람도 아니고 건인데요."

"어쨌든 기분 좋은 부탁이야. 가족들을 위한 티켓을 부탁한 게 꼭 월드시리즈 우승도 걱정 말라는 말처럼 들렸다니까?"

"뭐 지금 같은 분위기라면…… 너무 당연한 결과 아니겠어요?"

세런 테일러가 가볍게 웃었다. 데이터를 신봉하는 그녀지만 분위기상 다저스가 월드시리즈 진출에 실패할 가능성은 없어 보였다.

그 예상대로 다저스는 2차전도 7 대 2로 승리하며 2연승을 거뒀다.

시리즈 스윕 위기에 몰린 컵스가 3차전에서 역전승을 거두며 추격의 발판을 마련했지만 거기까지였다.

4차전과 5차전에 나란히 등판한 다저스의 MVP 듀오를 당해내지 못하고 월드시리즈 진출의 꿈을 다음번으로 미뤄야 했다.

다저스가 컵스를 시리즈 스코어 4대 1로 완파한 사이, 아메리칸 리그 챔피언십 시리즈는 매 경기 치열한 접전을 이어 갔다.

1차전은 한 수 위로 평가받는 레인저스의 승리였다.

하지만 2차전에서 다 잡은 경기를 놓치며 분위기가 묘하게 꼬였다.

뉴욕으로 장소를 옮긴 양키즈는 3차전과 4차전을 연거푸 잡아내며 기세를 올렸다. 마지막 5차전만 잡아내면 2009년 우승 이후 10년 만에 월드시리즈에 올라갈 수 있었다.

그러나 5차전에서 통한의 역전패를 당하며 경기 분위기가 다시 레인저스 쪽으로 넘어가 버렸다.

레인저스는 홈 2연전을 지켜내며 시리즈 스코어 4 대 3으로 월드시리즈 티켓을 거머쥐었다. 하지만 야구의 신의 가호를 받는 건 챔피언십 시리즈까지였다.

월드시리즈가 시작되면서 레인저스는 아메리칸 리그 최고 승률 팀이 맞나 싶을 정도로 형편없는 경기력을 보여주었다.

가장 큰 이유는 타자들의 집단 부진이었다. 특히나 1차전에서 박건호에게 18개의 탈삼진을 허용한 게 뼈아팠다.

1차전에 선발 등판한 박건호는 9이닝 동안 단 하나의 안타도 허용하지 않았다.

사사구도 없었다. 9회까지 정확하게 27명의 타자를 상대한 후 VIP 룸에서 지켜보고 있는 가족들을 향해 주먹을 들어 올려 보였다.

　ㅡ건! 건! 거어어어언! 퍼펙트게임입니다. 메이저리그 역사상 첫 월드시리즈 연속 퍼펙트 기록을 수립합니다!
　ㅡ정말 할 말이 없는 투수입니다. 대단합니다.
　ㅡ과연 이 엄청난 기록을 깨뜨릴 선수가 있을까요?
　ㅡ글쎄요. 월드시리즈 연속 퍼펙트게임이라면 희박하게나마 가능성은 남아 있을 것 같습니다. 하지만 그 이상이라면 불가능하겠죠.
　ㅡ그 이상이라면……?
　ㅡ건의 등판은 최소 한 차례 더 남아 있으니까요.
　ㅡ하하하. 그렇다면 말 그대로 전무후무한 기록이 되겠는데요?
　ㅡ어쨌든 올 한 해도 건으로 시작해 건으로 끝날 것 같은 기분입니다.
　ㅡ만약 그렇게 된다면…… 건은 메이저리그 역대 최고의 투수가 될지도 모르겠습니다.

　중계진의 들뜬 목소리가 전파를 타고 흘렀다.

그리고 정확하게 나흘 뒤 월드시리즈 5차전에 선발 등판한 박건호는 안타와 사사구 없이 27개의 아웃 카운트를 챙기며 다저스의 월드시리즈 2연패를 이끌었다.

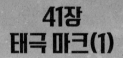

41장
태극 마크(1)

1

월드시리즈 5차전이 끝나고 레인저스의 제크 배니스터 감독은 굳은 얼굴로 인터뷰 룸에 들어왔다. 그리고 오늘 경기의 패인을 짚어 달라는 기자들의 질문에 담담한 목소리로 말했다.

"선수들은 최선을 다했습니다. 저를 비롯한 코칭스태프들의 준비가 부족했던 것 같습니다."

제크 배니스터 감독은 선수들을 비난하지 말아 달라고 당부했다. 월드시리즈 우승에 실패하긴 했지만 레인저스는 아메리칸 리그 챔피언이었다. 그 자체만으로도 팬들에게 존중

받을 자격이 있다고 말했다.

하지만 한 시간 가까이 제크 배니스터 감독을 기다린 기자들이 듣고 싶은 건 이런 입에 발린 소리가 아니었다.

"건에 대해서 한 말씀 해주세요."

가장 먼저 질문권을 얻은 젊은 여기자가 짧게 말했다.

그러자 모든 기자의 시선이 제크 배니스터 감독에게 향했다.

"이제 와 제가…… 감히 뭐라고 말할 수 있을까요."

제크 배니스터 감독이 쓴웃음을 흘렸다. 불현듯 챔피언십 시리즈가 끝난 직후 이곳에서 떠들어 댔던 말들이 머릿속을 스쳐 지난 것이다.

7차전까지 가는 접전 끝에 월드시리즈 티켓을 거머쥐었을 때만 하더라도 제크 배니스터 감독은 월드시리즈에서 우승할 자신이 있었다.

다저스의 MVP 듀오가 대단하다고는 하지만 아메리칸 리그 최고의 결정력을 자랑하는 레인저스 타자들이라면 충분히 이겨낼 수 있을 거라 굳게 믿었다.

그래서 제크 배니스터 감독은 1차전에서 에이스 박건호를 꺾고 기선을 제압하겠다고 큰소리를 쳤다. 한 기자가 박건호가 다저스 스타디움에서 얼마나 강한지 일러줬지만 월드시리즈는 다르다며 코웃음을 쳤다.

그쯤에서 멈췄다면 참 좋았겠지만 제크 배니스터 감독은 계속해서 입방정을 떨어댔다.

"건은 올 시즌 중에 레인저스를 만나지 않은 걸 감사해야 할 겁니다. 레인저스 타자들 때문에 기록이 나빠진 에이스 투수들이 한두 명이 아니니까요. 참, 건의 가족이 1차전을 보러 온다는 이야기를 들었는데 괜히 미안해지네요. 혹시 건이 일찍 강판 되더라도 당황하지 않았으면 좋겠습니다. 건이 상대해야 할 타자들은 아메리칸 리그 최고의 타자들이니까요."

텍사스 언론은 제크 배니스터 감독의 거침없는 인터뷰를 주요 기사로 다뤘다.

레인저스 팬들도 챔피언십 시리즈에서 1승 3패의 열세를 뒤집은 만큼 박건호를 상대로도 상승세를 이어갈 수 있을 거라 기대했다.

하지만 기대를 모았던 월드시리즈 1차전에서 레인저스 타자들은 단 한 명도 1루를 밟지 못했다.

퍼펙트게임.

그것도 월드시리즈에서 퍼펙트게임을 당한 것이다.

경기가 끝나고 박건호는 기자들을 만나 제크 배니스터 감독의 인터뷰를 들었다고 인정했다.

하지만 특별히 기분 나쁘진 않았다고 말했다. 오히려 제크 배니스터 감독 덕분에 경기 내내 집중력을 높일 수 있었다며 가족들 앞에서 망신을 사지 않아 다행이라고 웃어넘겼다.

반면 텍사스 언론은 제크 배니스터 감독의 입방정이 박건호를 각성하게 만들었다고 비난했다.

상당수 레인저스 팬도 1차전의 패인을 제크 배니스터 감독의 인터뷰로 꼽았다. 가족까지 들먹이며 박건호를 몰아붙일 필요가 전혀 없었다는 것이다.

그러나 제크 배니스터 감독은 자신의 실수를 인정하지 않았다. 1차전을 패배하긴 했지만 월드시리즈가 끝난 건 아니라며 다음번에 박건호를 만났을 때 퍼펙트게임의 치욕을 반드시 갚아주겠다고 선언했다.

전문가들은 제크 배니스터 감독이 사흘 휴식 후 등판할 가능성이 높은 박건호를 공략해 봐야 진정한 의미의 복수가 될 수 없다고 꼬집었다.

아울러 모렐 허샤이저 감독의 스타일상 완투를 한 박건호를 사흘 만에 다시 마운드에 올릴 가능성도 낮다고 봤다.

전문가들의 예상대로 모렐 허샤이저 감독은 박건호를 4차전이 아닌 5차전에 등판시키겠다고 발표했다. 3차전까지 전부 쓸어 담은 상황에서 굳이 박건호를 무리시킬 필요가 없다고 판단한 것이다.

모렐 허샤이저 감독의 배려 덕분에 레인저스는 4차전을 어렵게 잡아내고 5차전을 맞이할 수 있었다.

하지만 그렇다고 해서 앞선 챔피언십 시리즈 같은 기적이 벌어지진 않았다.

나흘을 푹 쉬고 올라온 박건호는 최고 구속 106mile/h(≒170.6km/h)의 포심 패스트볼을 앞세워 경기를 지배했다.

레인저스 타자들이 어떻게든 출루하려고 발버둥을 쳤지만, 시즌보다 무브먼트가 더 좋아진 박건호의 공을 감히 건드리지도 못했다.

"지난 1차전이 끝나고 퍼펙트게임을 갚아줄 거라고 말했는데요. 뭐가 문제였나요?"

"후우……. 건이 너무 강했습니다. 제가 할 수 있는 말은 그것뿐입니다."

"어제 경기에서 14개의 안타를 쳤던 타선이 단 하나의 안타도 때려내지 못했는데요."

"그것도 건이 너무 강했다고밖에 할 말이 없네요."

쏟아지는 질문을 뒤로한 채 제크 배니스터 감독은 서둘러 인터뷰 룸을 나섰다. 가능하면 팬들에게 고마움과 미안한 마음을 전하고 싶었지만 답이 없는 질문을 던지는 기자들을 감당할 자신이 없었다.

다저스는 강했다. 그리고 건은 위대했다.

텍사스 언론들은 월드시리즈 챔피언인 다저스에게 축하를 건넸다. 아울러 메이저리그 역사상 최초로 월드시리즈 3연속 퍼펙트게임이라는 대기록을 세운 박건호가 있는 한 그 누구도 다저스에게서 챔피언 반지를 빼앗지 못할 것이라고 덧붙였다.

ㄴ이제야 텍사스 언론들이 정신을 차렸나 본데?
ㄴ할 말은 많지만 참겠어. 전쟁은 끝났고 승자가 결정됐으니까.
ㄴ자, 우리도 멋지게 받아쳐 줘야지?
ㄴ맞아. 불쌍한 레인저스 팬들에게 위로의 말이라도 건네라고.

다저스 팬들은 LA 언론의 대응을 기대했다. 하지만 정작 LA 언론들은 다른 데 정신이 팔려 있었다.
"그게 정말이야?"
"확실해. 다저스 내부 소식통을 통해 확인했다고."
"그러니까 건이 곧 결혼할지도 모른단 말이지? 그것도 미국인하고?"

"그렇다니까? 그러니까 빨리 서두르라고."

기자들은 앞다투어 박건호의 열애 사실을 보도했다. 다저스 구단에서 추측성 기사를 자제해 달라고 보도했지만 채 한시간도 지나지 않아 각종 포털 사이트는 박건호의 결혼 관련 기사들로 도배가 됐다.

"어떻게 된 겁니까?"

"박건호 선수가 미국 여성과 결혼한다는 게 사실입니까?"

"오보 아닙니까? 한국의 아이돌과 열애 중이라는 소문이 있던데요?"

"그 미국 여성이 누구입니까? 정말로 할리우드 배우입니까?"

뒤늦게 소식을 접한 한국 기자들도 브라이언 최를 물고 늘어졌다. 하지만 브라이언 최가 해줄 수 있는 말은 한정적일 수밖에 없었다.

"정확한 내용을 파악 중에 있습니다. 다만 박건호 선수가 미국의 평범한 여성과 만나고 있다는 건 사실입니다."

브라이언 최는 공식 발표가 나오기 전까지 확대 해석을 자제해 달라고 한국 기자들에게 당부했다.

하지만 기자들 중 누구도 진득하게 기다려주지 않았다. 다들 경쟁하듯 자극적인 제목과 존재하지도 않는 관계자들을 등장시켜 말도 안 되는 기사들을 써 올렸다.

일이 커지자 박건호도 가족들과 긴급회의에 들어갔다.

"아들, 기왕 이렇게 된 거 결혼해라."

"건호 나이가 몇인데 벌써 결혼이에요?"

"오빠도 이제 스물셋인데 할 수도 있는 거지 뭘 그래?"

"넌 조용히 안 해? 암튼 이번 수능 점수 안 나오기만 해봐."

박건호의 예상대로 아버지는 제시카 테일러를 마음에 들어
했다. 금발에 하얀 피부, 늘씬한 몸매가 꼭 어렸을 적 외화에
서 봐왔던 배우 같다며 칭찬을 아끼지 않았다.

안승혁과 썸을 타고 있는 박지은도 박건호의 연애에 훼방
을 놓을 생각은 없었다.

문제는 어머니.

며느리는 당연히 한국인일 것이라 여겼던 어머니 입장에서
는 이런 식으로 얼렁뚱땅 이 문제를 넘어갈 수가 없었다.

하지만 박건호도 어정쩡한 태도로 제시카 테일러와 그의
가족들에게 상처를 주고 싶진 않았다. 무엇보다 제시카 테일
러와 공식적으로 함께 생활할 수 있는 기회를 놓칠 생각이 없
었다.

"엄마, 그냥 허락해 줘요."

"뭘 허락해 줘?"

"원래 야구 선수들은 다들 일찍 결혼해요. 내가 특별히 빠
른 것도 아니라고요. 그리고 솔직히 제시카만 한 여자도 없

어요. 예쁘고 착하고 나한테 잘하고 요리나 청소 같은 것도 잘하고요. 무엇보다 날 위해 스포츠 재활로 전공까지 바꿨다고요."

"스포츠 재활? 그거 혹시 의대 쪽이니?"

"아마 그럴 걸요?"

"그러니까 의대를 다니는 아가씨였어?"

제시카 테일러의 전공을 전해 들은 어머니의 표정이 달라졌다. 내심 의사나 교사 같은 전문직종의 똘똘한 며느리를 원했었는데 의대에 다닌다니 조금은 마음이 열린 것이다.

'좋아. 걸려들었어.'

박건호는 내친김에 제시카 테일러의 집안 내력도 줄줄 읊었다.

"제시카 부모님은 큰 식당을 하세요. 엄마도 알죠? 미국 식당은 사이즈부터 다른 거. 우리나라로 치면 패밀리 레스토랑 수준이에요. 그런 걸 다섯 개인가 여섯 개인가 운영하실 걸요?"

"얘는 참. 엄마가 뭐 그런 거 따지는 사람이니?"

"그래도 다들 잘 먹고 잘사시는 분들이에요. 교육도 훌륭히 받으셨고요."

"그렇다면 다행이긴 한데……."

"기왕 이렇게 된 거 상견례 해요, 엄마."

"그래. 그렇게 합시다, 여보."

"나도 나도 찬서어엉!"

"에효, 내가 못 살아. 가만히 있었으면 엄마가 어련히 알아서 좋은 아가씨 알아봤을까."

어머니도 못 이기는 척 제시카 테일러를 받아들였다. 솔직히 싹싹하고 어수룩하게나마 한국어를 하려고 노력하는 제시카 테일러가 싫지는 않았다.

"오케이. 그럼 제시카한테 알려줄게요."

박건호는 즉시 제시카 테일러에게 전화를 걸었다.

─정말요? 정말이죠?

가족들과 함께 박건호의 결정을 기다리고 있던 제시카 테일러가 뛸 듯이 기뻐했다.

빼앗듯 전화를 넘겨받은 제시카 테일러의 아버지는 박건호가 머뭇거렸다면 가만있지 않았을 거라며 호탕하게 웃음을 흘렸다.

박건호 결혼 임박. 상대는 LA에 거주하고 있는 제시카 테일러.

다저스 구단 측으로부터 정보를 얻은 LA 언론들이 가장 먼저 박건호의 결혼 사실을 터뜨렸다.

그리고 잠시 후 제시카 테일러의 이름이 실시간 검색어로 떠올랐다.

제시카 테일러에 대한 관심은 세계적이었다. 북미는 물론이고 일본과 중국, 심지어 유럽에서조차 기사로 나올 정도였다.

그중에서도 한국의 반응은 가히 폭발적이었다.

ㄴ뭐야, 박건호 이 자식. 설아하고 열애설 난 지 얼마나 됐다고 미국 여자랑 결혼한다는 거야?

ㄴ멍청아, 그거 설아 쪽 소속사 자작극인 거 판명 났거든?

ㄴ설아도 아니라는데 왜 난리야? 그리고 박건호하고 설아하고 만날 시간이 어딨냐?

ㄴ맞아, 설아는 신곡 나와서 정신없었고 박건호는 계속 미국에 있었는데. 애당초 말도 안 되는 소리였지.

ㄴ그래도 설아가 손해 본 건 없잖아. 안 그래? 박건호 덕분에 떠서 단독 CF도 대여섯 개 찍었으니까.

ㄴ어쨌든 박건호 대단하다. 나 같으면 연예인들 닥치는 대로 만나다가 서른 넘어서 결혼했을 텐데.

ㄴ근데 솔직히 박건호가 여자 연예인들을 닥치는 대로 만날 정도의 외모는 아니지 않냐?

ㄴ이 멍청아, 박건호 1년 연봉이 얼마인지 형이 다시 설명

해 줘? 박건호 정도면 준재벌이라고. 걸어 다니는 1인 기업이야.

   ㄴ야, 근데 이게 기뻐할 일이냐 걱정할 일이냐?

   ㄴ이건 또 뭔 참신한 개소리야?

   ㄴ너네 이러다 박건호가 미국으로 귀화할지도 모른다는 생각은 안 해봤냐?

   ㄴ뭐래? 박건호가 미쳤다고 귀화하냐?

   ㄴ솔직히 못 할 건 없지. 적어도 10년은 선수 생활을 해야 할 테고. 마누라도 미국인이잖아.

   ㄴ확실히 나도 걱정스럽긴 해. 박건호가 싫다고 해도 미국이 마누라 앞세워서 들러붙으면 또 모르는 일이니까.

   ㄴ까 놓고 말해서 박건호 아직 군 문제도 해결 못 했는데 한국 국적 유지하고 싶겠냐? 나 같아도 국적 바꾼다.

   ㄴ야, 지난 아시안게임 때는 박건호가 거절한 거야. 국대에서 깐 거 아니라고.

   ㄴ시끄럽고, 그럼 이번 프리미어 12는 어떻게 되는 거냐?

   ㄴ젠장. 결혼한다고 저 난리인데 프리미어 12에 나올 수 있을까?

   ㄴ너 같으면 나오겠냐? 마음이 콩밭에 가 있을 텐데?

   ㄴ그런데 박건호 없이 우승이 가능하긴 한 거야?

기사 댓글에서부터 시작한 박건호 귀화설은 다음 날 신문 기사로까지 보도가 됐다.

브라이언 최가 허위사실 유포에 대해서는 강경 대응하겠다고 경고했지만 박건호가 미국 국적을 취득할지 모른다는 불안감이 빠르게 퍼져 나갔다.

그러자 협회에서는 기다렸다는 듯이 박건호를 포함한 프리미어 12 대표팀 명단을 발표했다.

"지난번 접촉 때 박건호 쪽에서 시큰둥했는데 이게 먹힐까요?"

"일단 지켜봐야겠죠. 하지만 박건호가 정말 미국으로 귀화할 생각이 아니라면 더는 외면하지 못할 겁니다."

지난 아시안게임 때 협회는 박건호를 대표팀에 합류시키기 위해 부단히도 애를 썼다. 물론 그때는 다저스가 워낙 강경하게 반대를 했다. 30년 만의 월드시리즈 우승이 현실이 되어가는 상황에서 대표팀의 요청을 받아들일 수가 없었다.

하지만 협회는 박건호가 적극적으로 나섰다면 결과는 달라졌을지도 모른다고 여겼다. 그래서 이번 프리미어 12때 어떻게든 박건호를 설득하기 위해 고심해 왔다. 그런데 때마침 귀화설이 터졌으니 잘만 하면 박건호를 제 발로 들어오게 만들 수 있을 것 같았다.

이 같은 협회의 전략은 주효했다.

"프리미어 12?"

"그래, 지금 한국 여론이 좋지 않아. 몇몇 기자는 귀화하기 위해 국가대표 차출을 거부한다고 떠들어 대기도 하고."

"언제는 나가지 말라며?"

"물론 너한테는 실익이 거의 없는 대회야. 국가 대항전이라고는 하지만 미국이 주도하는 것도 아니고 일본 측에서 자기들 입맛에 맞게 쥐고 흔드는 대회니까. 설사 우승을 해도 상금 좀 받는 게 전부고. 하지만 이런 식이면 내년 도쿄 올림픽 참가도 어려워질지 몰라."

"올해는 쉬고 그냥 올림픽에 전념하는 게 낫지 않을까?"

"박건호의 에이전트 입장에서 말하자면 올림픽에 올인하는 게 옳아. 하지만 한국인의 한 사람으로서 고민하자면 힘들더라도 프리미어 12에 참가하는 게 나을 거 같아."

"흠……."

박건호가 묵묵히 고개를 끄덕였다. 모든 일이 원하는 대로 잘 풀린다면 더없이 좋겠지만 세상을 산다는 건 그렇게 만만치가 않았다.

월드시리즈 2연패를 이루었고 생에 두 번째 사이영 상도 수상했다. MVP 발표는 아직이지만 올해는 단독 수상이 유력해 보였다.

제시카 테일러의 가족들과 상견례도 잘 끝났다.

일단 급한 대로 연말에 한국에서 약혼을 하고 내년 시즌이 끝날 때쯤 결혼을 하기로 결정이 났다.

야구 선수로서 자리를 잡았고 좋은 여자와 결혼도 앞두고 있다.

이제 남은 건 군 문제밖에 없었다.

그리고 박건호는 귀화라는 극단적인 결정보다는 순리대로 군 문제를 해결하길 바랐다.

"그런데 구단에서 허락해 줄까?"

"지난번 장기 계약 때 대표팀 차출에 적극 협조하겠다는 조항을 넣긴 했지만 그 전에 상호 협의를 거쳐야 하니까. 일단 부딪쳐 봐야지."

"왠지 더 안 해줄 거 같은 분위기인데."

"나도 그런 걱정이 들긴 하지만 형이 알아서 할 테니까 너는 천천히 몸 좀 만들고 있어. 시즌 끝났다고 너무 퍼지진 말고. 알았지?"

브라이언 최는 박건호를 대신해 다저스 구단과 협상을 시작했다.

예상대로 다저스 구단에서는 난색을 드러냈다.

알렉스 인터폴리스 부사장은 물론이고 앤디 프리드먼 사장과 마크 윌리엄 구단주에 이르기까지 박건호의 프리미어 12 출전에 반대했다.

하지만 브라이언 최는 꾸준하게 구단을 설득했다.

계약상으로도 협조를 약속한 만큼 박건호가 마음의 짐을 덜고 내년 시즌에 집중할 수 있게 해 달라고 요청했다.

"그럼 내년 시즌 올림픽 출전은 포기하는 겁니까?"

"그건 아닙니다. 앞서 말씀드린 것처럼 건의 병역 문제를 해결하기 위해서는 올림픽에 참가해야 합니다."

"그렇다면 프리미어 12를 포기하고 내년에 있을 올림픽을 준비하는 게 낫지 않겠습니까?"

"한국의 정서상 쉽지 않은 일입니다. 건의 실력은 의심의 여지가 없지만 자칫 잘못했다간 자신에게 이익이 되는 대회만 참가한다는 비난을 사게 될지도 모릅니다."

"올 시즌 구단은 건의 투구 수를 관리하기 위해 노력해 왔습니다. 그런데 건이 프리미어 12에 참가해 버리면 애써 건을 관리한 의미가 없어집니다."

"그 점에 대해 한국 협회 쪽과도 이야기를 나누고 있습니다. 건이 무리하지 않는 조건하에서 등판할 수 있도록 하겠습니다."

"솔직히 건이 프리미어 12에 나가는 것 자체가 무리 아닙니까?"

"하지만 건이 이번에 병역 문제를 해결하지 못하면 건과 다저스 모두에게 좋지 않은 일이 될 겁니다."

"건은 그렇다 치고 다저스에게도요?"

"분명 병역 문제를 적극적으로 지원하겠다는 구단이 나올 테니까요."

"크흠, 브라이언. 그냥 농담한 겁니다. 다저스는 건이 병역 문제를 해결할 수 있도록 최선을 다해 도울 생각입니다."

"그렇다면 이번 프리미어 12도 보내주십시오. 건도 원하고 있습니다."

"허허, 그것 참."

다저스 구단은 이틀간의 내부 회의 끝에 박건호의 프리미어 12 참가를 조건부로 허락했다.

첫째는 2경기만 등판할 것.

둘째는 90구 이상 투구하지 않을 것.

셋째는 오직 선발로만 등판하며 투구 때마다 4일 이상의 휴식을 보장할 것.

"그러니까 이렇게만 하면 된다 이 말이죠?"

"일단 박건호 선수에 대한 제약은 이 정도고요. 추가적으로 다저스 쪽 의료 지원팀과 법률팀이 대표팀과 함께 움직이겠다고 합니다."

"의료 지원팀은 알겠는데 법률팀은 왜?"

"그게…… 지난 대회 때 미국 대표팀 선수 중 한 명이 성폭행 시비에 휘말렸던 모양입니다. 다행히 잘 무마되긴 했지만……."

"무슨 이야기인지 알겠습니다. 그런데 다저스 지원팀이 박건호 한 명만 케어하는 겁니까?"

"안승혁 선수도 오니까요. 아마 같이 케어가 될 겁니다. 그리고 우리가 원한다면 의료 지원에 한해서는 한국 대표팀 선수들도 어느 정도 혜택을 받을 수 있을 것 같습니다."

"잘됐네요. 대표팀 의료팀이 못 미더운 건 아니지만 의사는 많으면 많을수록 좋으니까요."

대표팀 감독을 맡은 김영식이 고개를 끄덕였다. 대표팀을 맡을 때마다 이래저래 부상당하는 선수가 많아서 걱정이었는데 박건호 덕분에 수준급 의료 지원을 받을 수 있게 됐다.

하지만 협회는 다저스가 추가적으로 요구한 조건들 때문에 골머리를 앓고 있었다.

"그러니까 호텔의 등급을 높이라 이건가요?"

"그게 아니면 박건호와 안승혁만 따로 재우겠다는데 그렇게 놔둘 수는 없지 않겠습니까?"

"그리고 상금 이야기는 뭡니까? 대회에 규정된 상금이 있을 텐데요?"

"박건호가 워낙에 몸값이 비싼 선수니까요. 데려다 쓰려면 그만큼 사용료를 지불하라는 거겠죠."

"구단에서 받는 게 아니라 박건호에게 줄 돈이면 선수하고 잘 이야기해서 넘어가죠?"

"그게 아마 쉽지 않을 것 같습니다. 다저스에서 법률팀까지 보낸다고 하니까요."

"젠장, 이거 이러다 배보다 배꼽이 더 커지겠는데요?"

다저스는 박건호가 국가대표로 차출되는 만큼 그에 합당한 대우를 받길 원했다.

그리고 그 기준점을 다저스의 선수 지원으로 잡았다. 그 기준을 충족시키지 못한다면 박건호와 안승혁을 별도로 관리하겠다고 으름장을 놓았다.

"박건호하고 안승혁, 둘 다 데려와야 하는 건 맞죠?"

"1회 대회 때 우승을 했고 이번 대회도 우승이 목표니까요. 그렇다고 돈이 없어서 최고의 선수를 데려오지 못했다고 말하긴 어렵지 않겠습니까?"

"그냥 언론에 확 뿌려 버리는 건 어떨까요?"

"뭘요? 다저스의 조건을요? 글쎄요. 그러다 역풍이라도 맞지 않으면 다행일 거 같은데요."

"후우……. 그럼 어쩔 수 없이 추가적으로 스폰을 구해야겠네요."

"기존 스폰서들과도 재계약을 진행해야 할 겁니다."

"진짜 박건호 두 번 데려왔다간 협회 망하겠습니다."

협회는 어쩔 수 없이 추가 스폰서와 협회 비축금을 통해 선수단 지원을 강화했다.

선수들이 머물 호텔도 옮기고 음식과 교통편 등 모든 부분에서 다저스의 지적을 받지 않도록 노력했다.

그러자 선수단의 분위기가 확 달라졌다.

"이것 참, 오래 살고 볼 일이네."

"내 말이. 이렇게 돈을 펑펑 쓸 인간들이 아닌데 말이야."

"참, 2인 1실이 아니라 1인 1실인 거 확실한 거지?"

"그렇다니까. 잘 때 코 고는 인간들 딱 질색이었는데 이제 나도 맘 편히 자겠어."

선수들을 쓱 훑던 김영식 감독도 흐뭇함을 감추지 못했다.

"앞으로 국가대표 경기할 때마다 건호를 꼭 불러야겠어."

"그러게 말입니다."

수석 코치로 참가한 선동연도 피식 웃었다.

국제 대회가 있을 때마다 야구에 전념할 수 있는 환경을 만들어 달라 요청해도 한 귀로 듣고 한 귀로 흘렸던 협회가 이렇게까지 확 달라질 줄은 예상하지 못한 모양이었다.

"그건 그렇고…… 선발 로테이션은 정해졌나?"

"일단은 건호를 미국전에 맞추고 본선에서는 상황을 봐서 올리는 게 좋을 것 같습니다."

프리미어 12는 세계랭킹 상위 12개국이 참여하는 대회였다.

한국은 미국, 대만, 베네수엘라, 캐나다, 이탈리아와 함께 A조에 포함되어 있었다.

전문가들은 미국과 베네수엘라, 대만이 한국과 함께 조 1위를 두고 다툴 것이라고 예상했다.

그중에서도 한국이 가장 경계해야 할 나라는 다름 아닌 미국이었다.

지난 2017년 처음으로 WBC 정상에 오르며 실질적인 야구 종주국으로서 자존심을 세운 미국은 내친김에 프리미어 12 정복에 나섰다.

1차 대회 때와는 달리 메이저리그 주축 선수들을 대거 대표팀에 참가시킨 것이다.

물론 슬레이튼 커쇼를 비롯해 메이저리그를 대표하는 스타플레이어들은 이런저런 사정을 들어 프리미어 12에 불참했다.

하지만 그들을 제외하고라도 미국 대표팀의 면면은 화려하기만 했다.

그런 미국 대표팀을 상대로 승리를 확신할 수 있는 투수는 대한민국에 한 명밖에 없었다.

"흠……."

김영식 감독이 나직이 신음했다. A조 최강 전력인 미국을 상대로 박건호를 내세우는 게 당연하겠지만 그렇게 되면 본선이 문제였다.

대한민국 대표팀의 목표인 프리미어 12 우승을 하려면 총 여덟 경기를 치러야 한다.

예선전이 5경기. 8강부터 시작되는 본선이 3경기.

WBC처럼 일정이 빡빡하다면 예선과 본선, 한 차례씩 박건호를 등판시키는 게 효율적이었다.

하지만 프리미어 12는 본선 일정이 여유로웠다.

8강전에서 준결승까지 이틀.

준결승에서 결승까지 다시 이틀.

8강부터가 진짜라고 가정했을 때 박건호를 8강과 결승에 내보내는 게 가능했다.

"건호 없이 예선 통과는 어려울까?"

김영식 감독이 혼잣말처럼 중얼거렸다. 그러자 선동연 코치가 주변을 한 번 훑어보더니 목소리를 낮췄다.

"솔직히 불가능하진 않습니다. 4위까진 본선 진출이 가능하니까요."

"4위라. 그럼 최소 2승만 거두면 된다는 건데……."

"캐나다와 이탈리아가 한 수 아래인 만큼 개인적으로 3승 이상도 충분히 가능하다고 생각합니다."

"미국전은 포기하더라도 대만이나 베네수엘라, 둘 중 하나는 잡고 가자 이 말이지?"

"네, 그리고 4강에서 미국을 피하려면 2위나 3위를 노리는 게 낫습니다."

선동연 코치가 가방에서 태블릿을 꺼냈다. 그리고 펜을 들고 본선 대진표를 그리기 시작했다.

"아시다시피 A조와 B조가 서로 엇갈려 본선을 치르게 됩니다. 미국이 조 1위로 올라가고 우리가 조 4위가 될 경우 8강을 잡는다 해도 4강에서 다시 맞붙을 수밖에 없습니다."

"아예 1위를 하면 속이 편하겠지만 현실적으로는 2위나 3위가 최선이겠군그래."

"이런 말씀 드리기는 좀 그렇지만 솔직히 말해 대표팀이 우승 전력은 아니니까요."

지난 2017년 WBC에서 한국 대표팀은 예선 탈락의 고배를 마셔야 했다.

야구 변방이라 불리던 이스라엘에게 한 점 차 일격을 허용한 2013년의 복수를 하겠다던 네덜란드에게 다시 5 대 0 완패를 당했다.

국제 대회에서 늘 반수 정도 위의 실력 차이를 유지했던 대만 대표팀과도 11 대 8이라는 난타전을 벌여야 했다.

다행히 2018년 자카르타 아시안 게임에서 금메달을 목에 걸긴 했지만 리빌딩 작업에 들어간 대한민국 야구 대표팀에게 전승 우승을 기대하는 이들은 손에 꼽힐 정도였다.

"좋아. 현실적으로 생각하자고. 그럼 우리가 상대해야 할 팀은 누구지?"

"아무래도 도미니카 공화국과 일본이 조 1위 자리를 두고 다툴 가능성이 높아 보입니다. 전력만 놓고 보자면 도미니카 공화국 쪽이 한 수 위지만 일본은 홈어드밴티지가 있으니까요."

"그렇다면 일본이 1위를 할 가능성이 조금 더 높겠군그래."

"도미니카 공화국이 2위를 한다면 우리는 차라리 3위를 하는 편이 나을 수도 있습니다."

"8강에서 맞붙자 이거지?"

"네, B조 3위는 푸에르토리코나 네덜란드 둘 중 한 나라가 차지할 가능성이 높습니다. 쿠바의 전력은 예년만 못하고 이스라엘은 조 편성을 원망해야 하는 상황입니다."

"지난 WBC 때 2 대 1로 이스라엘에게 졌던 걸 생각하면 씁쓸하구만."

"그땐 대표팀도 선수 수급 문제로 어수선했으니까요. 무엇보다 건호가 없었죠."

2017년 당시 박건호는 다저스와 계약한 유망주 중 한 명에 불과했다. 대표팀 입장에서는 박건호를 발탁할 그 어떤 이유조차 없었다.

하지만 대표팀이 외면한 박건호는 2017년 신인상에 이어 2018년과 2019년 MVP와 사이영 상을 2연패 하며 메이저리 그 최고의 투수로 불리고 있었다.

"그야말로 격세지감이로구만."

김영식 감독이 나직이 푸념했다.

"저도 요즘 부쩍 그런 생각 듭니다. 대표팀에 살갑게 대할 선수가 한 명도 없거든요."

선동연도 따라 한숨을 내쉬었다.

올림픽 우승의 영광을 이끌었던 주축 선수 대부분이 대표 팀 은퇴를 선언하면서 현재 대한민국 대표팀은 젊은 선수들 위주로 재편되어 있었다.

그리고 그들은 선동연이 아니라 박찬오나 류현신을 보고 자란 세대들이었다.

"그래도 나보단 낫겠지. 난 이름만 감독 아닌가."

"그런 말씀 마십시오. 감독님이 한국 야구를 위해서 얼마나 많이 공헌하셨는데요."

"그럼 뭐하겠나. WBC에서 예선 탈락했다고 욕이란 욕은 다 들어먹고 사는데……."

"그게 어찌 감독님 탓이겠습니까. 제대로 보필하지 못한 저 희 잘못이죠."

"후우……. 아무튼 이번에 잘해보세나. 나도 명예 회복은

해야지."

"걱정하지 마십시오. 건호가 왔고 승혁이도 중심을 잡아줄 테니까 지난 WBC처럼은 되지 않을 겁니다."

"나도 그랬으면 좋겠네."

김영식 감독은 이번 프리미어 12가 끝나면 대표팀 감독자리에서 내려올 생각이었다.

그래서인지 이번 프리미어 12에 대한 애착이 강했다.

차기 감독을 노리는 선동연도 가능하면 김영식 감독을 프리미어 12의 우승 감독으로 만들고 싶었다.

그래서 김영식 감독을 대신해 대한민국 대표팀의 악역을 자처하고 나섰다.

일본에 도착한 다음 날.

선동연은 김영식 감독을 대신해 기자회견을 자청했다.

"박건호 선수는 미국전에 등판하는 건가요?"

"박건호 선수의 선발 등판은 미정입니다. 미국전이 아니라 언제든지 나갈 수 있습니다."

"듣기로는 예선과 본선에서 한 차례씩만 던진다고 하던데요?"

"처음에 그런 이야기가 있었습니다만 확정된 바 없습니다."

"그 말씀은 박건호 선수의 추가 등판도 가능하다는 건가요?"

"어디까지나 선수의 의지가 중요하지 않겠습니까? 박건호 선수는 누가 뭐래도 한국 프로야구의 미래입니다. 처음으로 태극 마크를 단 만큼 열정이 넘칠 거라 확신합니다."

선동연은 기자들 앞에서 연막을 폈다. 미국전이 아니더라도 박건호를 등판시킬 수 있다며 A조 팀들을 긴장하게 만들었다.

"건이 미국전에 나오지 않을 수도 있다는 이야기야?"

"건이 미국 타자들을 잘 막아줘도 점수를 뽑지 못하면 이기기 어려우니까 그런 거 아닐까요?"

"제 생각도 같습니다. 게다가 미국 타자들은 아무래도 건이 익숙할 테죠."

"젠장, 그럼 우리란 말인데."

"대만은 본래 한국에게 약한 모습을 보여왔습니다. 한국이 건을 앞세워 조 1위를 노리는 거라면 우리 쪽에 건을 투입할 가능성이 높습니다."

"우리가 미국을 잡고 미국이 한국을 잡고 한국이 다시 우리를 잡는다면 서로 물고 물리는 싸움이 될 테니까요."

베네수엘라 대표팀은 한국전에 대비해 아껴 놓았던 에이스 펠리스 에르난데스(매리너스)를 미국전 선발로 돌렸다.

그러자 미국 대표팀도 역시 아껴두었던 대니 던피(로열스) 카드를 꺼내 들었다. 투수의 무게감은 펠리스 에르난데스와 비교하기 어렵지만 타선이 워낙 화려한 만큼 대니 던피가 6이닝 3실점 이하로만 틀어막아 주면 승산이 있다고 판단했다.

A조 개막전으로 열린 미국과 베네수엘라의 1차전은 미국의 4 대 2 역전승으로 끝이 났다.

6회까지 펠리스 에르난데스에게 4피안타 무실점으로 틀어막혔던 미국 타자들이 8회 베네수엘라 불펜을 상대로 극적인 동점을 만들더니 9회 말 끝내기 홈런으로 경기를 뒤집어버린 것이다.

같은 날 대한민국 대표팀은 우완 사이드암 엄기영(타이거즈)을 내세워 이탈리아를 7 대 2로 제압했다.

그리고 미국, 대만과 함께 1라운드 첫 승을 신고했다.

미국에게 불의의 일격을 허용한 베네수엘라의 다음 상대는 대만.

본래 97년생의 젊은 투수 호세 로페즈(블루제이스)에게 기회를 줄 예정이던 베네수엘라는 곧바로 2선발 마티 페레즈(레인저스)를 호출했다.

만에 하나라도 대만에게 패배했다간 조 4위로 본선에 오를 가능성이 높았기 때문이다.

인터뷰에서 월드시리즈 우승에 실패한 한을 프리미어 12에서 풀겠다고 의지를 불태웠던 마티 페레즈는 대만 타선을 7이닝 5피안타 3실점으로 틀어막았다.

그사이 타자들은 대만 선발 투수 천신동을 3이닝 만에 끌어내렸다. 대만이 불펜을 총동원하며 물량 작전을 펼쳤지만 베네수엘라 타선의 가공할 만한 공격력을 당해내지 못했다.

그사이 한국은 캐나다를 상대로 11 대 0 완승을 거두었다.

선발 박세운(자이언츠)이 8이닝 무실점 호투를 펼치며 캐나다 타선을 완전 봉쇄했다.

미국도 이탈리아를 23 대 0으로 대파하고 A조 1위 자리를 고수했다.

약세로 꼽혔던 캐나다와 이탈리아는 나란히 2패를 당하며 조 최하위로 처졌다.

자연스럽게 A조는 미국과 한국, 베네수엘라, 대만 간의 순위 경쟁에 초점이 맞춰졌다.

"일본 입장에서는 아무래도 한국이나 대만이 낫습니다."

"미국과 베네수엘라는 결승에서 만났으면 하는 상대입니다. 8강에서 만나는 건 대회 흥행을 위해서도 좋지 않습니다."

일본 언론은 미국이 조 1위로 본선에 오를 거라 전망했다. 그러면서 한국과 대만이 3, 4위 자리를 두고 다툴 거라 내다봤다.

하지만 대한민국 대표팀은 베네수엘라와의 3차전에서 8 대 7, 한 점 차 신승을 거두며 일본의 예측을 빗나가게 만들었다.

선발 투수 양현중(타이거즈)이 6이닝을 10피안타 5실점으로 버티는 동안 타자들도 베네수엘라의 신성 호세 로페즈를 두 들겨 6점을 뽑아냈다.

이후 불펜 싸움에서도 서로 두 점씩을 주고받으며 대한민국 대표팀이 극적으로 승리를 차지했다.

"뭐야? 결국 건을 미국전에 내보내려는 거였어?"

"이거 한국한테 완전히 당했잖아?"

베네수엘라 선발로 예상됐던 박건호가 이번에도 벤치를 지키자 미국 대표팀이 부산해졌다.

미국 대표팀 타선이 화려하다곤 하지만 메이저리그에서 퍼펙트게임을 심심찮게 해내는 박건호를 상대로 승리를 장담하기 어려웠던 것이다.

게다가 미국 대표팀 마운드에는 안승혁이 합류하며 무게감을 갖춘 한국 대표팀 타자들을 압도할 만한 투수가 없었다.

각 팀 에이스급 투수들이 이런저런 핑계로 프리미어 12 합류를 거부하면서 선발진의 무게감이 현저하게 떨어진 것이다.

"만약 건이 나온다면 승산은 어느 정도나 되지?"

"솔직히 말씀드릴까요?"

"개인적인 의견 빼고, 데이터로만."

"그렇다면 거의 없습니다."

"……자네 개인적인 의견은?"

"마찬가지입니다."

"젠장할."

야구는 결국 점수를 뽑아야 이기는 경기였다. 상대 투수에게 막혀 점수를 뽑아내지 못한다면 이길 수 없는 스포츠였다.

그런 점에서 메이저리그 MVP인 박건호를 상대로 승리를 장담한다는 건 쉽지 않은 노릇이었다.

박건호를 상대해 줄 만한 투수라도 있다면 모르겠지만 잘해야 퀄리티스타트 정도를 기대하는 자원들로는 어림없어 보였다.

"그렇다면 우리도 투수를 돌리자고."

"투수를요?"

"그래, 대니 던피를 아껴두고 태너 로크를 올려."

태너 로크는 미국이 보유한 4명의 선발 투수 중에 가장 실력이 떨어졌다.

그래서 1라운드에 등판한 대니 던피를 앞당겨 등판시켜 한국을 잡고 조 1위를 확정 지을 생각이었다.

하지만 한국이 박건호 카드를 계속해서 손에 쥐고 놓지 않으면서 이야기는 달라졌다.

박건호를 상대로 맞대결은 제아무리 미국 대표팀이라 해도 부담스러울 수밖에 없었다.

"알겠습니다."

미국 대표팀은 언론을 통해 한국전 선발은 태너 로크라고 알렸다. 아울러 대니 던피에게 충분한 휴식을 보장하기로 했다고 말했다.

"박건호를 의식한 겁니까?"

"박건호 때문이라면 대니 던피를 무리해서 출장시켰을 겁니다. 하지만 그렇게 되면 대니 던피는 사흘밖에 쉬지 못합니다. 본선 진출이 확정된 만큼 무리하지 않겠다는 의미입니다."

미국이 에이스 카드를 포기하고 4선발을 내보내자 B조도 발칵 뒤집혔다.

"잠깐만, 이러다 한국이 1위가 되는 거 아냐?"

"미국이 정말로 2위를 하면 골치 아파집니다. 8강은 피한다 해도 4강에서 만날 가능성이 높아요."

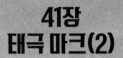

41장
태극 마크(2)

한국과 미국이 3승을 거둔 A조와는 달리 B조는 서로 물고 물리는 접전을 이어가고 있었다.

　주최국 일본과 푸에르토리코, 도미니카 공화국이 2승 1패로 1위 자리를 다투고 있었고 그 뒤로 1승 2패의 이스라엘과 네덜란드, 쿠바가 바짝 따라붙는 상황이었다.

　그중에서도 일본 대표팀은 고심이 컸다. 애당초 미국을 피해 조 1위로 올라가겠다는 게 목표였지만 네덜란드에게 덜미가 잡히면서 계획에 차질이 빚어진 것이다.

　게다가 잔여 경기 일정도 나빴다. 푸에르토리코에 이어 도미니카 공화국까지 공동 1위 팀들 간의 맞대결만 남은 상태였다.

"이렇게 된 거 무슨 수를 써서라도 1위를 해야 합니다."

"2위는 무의미합니다. 1위를 해야 해요."

일본 대표팀은 조 1위 수성을 위해 다나카 마스히로(양키스)와 오타니 쇼헤(매리너스) 카드를 당겨 쓰기로 결정했다.

일부 언론에서 문제를 제기했지만 일본 대표팀은 계획대로 밀어붙였다.

마에다 케이타(다저스)나 스기노 토모유키(요미 자이언츠)만으로는 미국 못지않은 전력을 구축한 푸에르토리코와 도미니카 공화국을 상대하기 어렵다고 판단한 것이다.

하지만 정작 결과는 최악으로 이어졌다.

푸에르토리코 전에 선발 등판한 다나카 마스히로는 6이닝 동안 5점을 내주며 패전의 멍에를 뒤집어썼다.

컨디션이 좋지 않은 듯 1회부터 볼넷을 남발하더니 3회와 5회 집중타를 얻어맞고 무너지고 말았다.

다나카 마스히로의 부진 속에 경기는 푸에르토리코가 가져갔다.

"이렇게 된 이상 도미니카를 대파하고 결과를 기다려야 합니다."

푸에르토리코에게 1위 자리를 내준 일본 대표팀은 실질적인 에이스 오타니 쇼헤를 내세워 필승을 다짐했다.

오타니 쇼헤도 위기의식을 느끼고는 7이닝 2실점 호투로 승리의 발판을 마련했다.

그러나 일본 대표팀이 자랑하던 불펜진이 경기 막판 불을 지르고 네덜란드가 푸에르토리코를 잡으면서 일본은 조 4위로 추락하고 말았다.

반면 A조 1위는 한국이 차지했다.

미국전에서 엄기영의 근성 있는 투구(7이닝 5실점)와 안승혁의 연타석 홈런을 앞세워 7 대 6 한 점 차 승리를 거둔 데 이어, 최종전인 대만을 상대로 부산 자이언츠의 젊은 에이스 박세운이 7이닝 무실점 호투를 펼치며 5 대 0 완승을 거둔 것이다.

조별 리그 결과

A조

1위 한국 5승

2위 미국 4승 1패

3위 베네수엘라 3승 2패

4위 대만 2승 3패

5위 캐나다 1승 4패

6위 이탈리아 5패

B조

1위 도미니카 공화국 4승 1패

2위 푸에르토리코 3승 2패

3위 네덜란드 3승 2패

4위 일본 2승 3패

5위 쿠바 2승 3패

6위 이스라엘 1승 4패

대한민국 대표팀의 8강전 상대로 주최국 일본이 결정되자 한일 양국의 반응이 극명하게 갈렸다.

"좋아, 잘 걸렸어."

"이 자식들, 지난번 WBC 때 실실 쪼갰던 거 그대로 돌려주마."

한국은 최고의 매치업이라며 환호했다.

그에 비해 일본 언론은 아쉬움을 감추지 못했다.

"어렵네요. 어쩌다가 이렇게 됐을까요?"

"만약 한국이 미국전에서 박건호 카드를 소진했다면 이번 8강전은 일본의 무난한 승리가 됐을 겁니다. 하지만 박건호가 8강전에 등판한다면 이야기가 다르죠."

"솔직히 말해서 박건호는 수준이 다른 투수입니다. 메이저리그 최고 아닙니까?"

"올해 박건호의 평균 자책점은 1점대 초반입니다. 경기당 평균 7이닝 정도를 소화했으니 한 경기에서 한 점 이상은 내주지 않는다고 봐야 합니다."

"일본 대표팀은 강하지만 글쎄요. 예선에서 보였듯 수준급 투수들에게는 약한 면모를 보이고 있습니다. 박건호와는 첫 맞대결인데요. 일본 대표팀 타자들이 제대로 적응할 수 있을지 걱정입니다."

일본의 전문가들은 대부분 부정적인 의견을 내놓았다. 그러면서도 언제나처럼 터무니없는 이유를 들먹이며 희망의 불씨를 살리려 노력했다.

"물론 일본이 승리할 가능성이 아예 없다는 건 아닙니다. 한국 쪽에서 박건호를 계속 아끼는 데는 이유가 있을 테니까요."

"미야비 씨도 박건호의 컨디션이 좋지 않다는 소문을 들으신 것 같은데요?"

"한국 쪽에서 고의로 퍼뜨린 거짓 소문이라는 이야기도 있습니다만 저는 개인적으로 박건호가 베스트 컨디션은 아니라고 생각하고 있습니다. 한국 대표팀에 합류하는 과정부터 매끄럽지 못했으니까요."

"한국 협회 쪽에서 고의적으로 국적 문제를 비화시켰다는 건 공공연한 비밀이니까요. 그 과정에서 박건호도 적잖게 시달렸을 테니 컨디션이 좋을 리가 없을 것 같습니다."

"하지만 박건호는 올스타전 파동 때도 아무렇지도 않게 퍼펙트게임을 달성했는데요."

"그땐 시즌 중이었고 지금은 국가 대항전이잖습니까. 다를 겁니다."

"저 역시 그러길 바라고 있습니다. 일본 대표팀 선수들도 절치부심 똘똘 뭉친다면 박건호를 충분히 공략해 낼 수 있다고 생각합니다."

일본의 전문가들은 항간에 떠돌아다니는 박건호 태업설을 공론화했다.

언론은 전문가들의 말을 부풀렸고 일본 국민들은 박건호를 이길 수 있다는 기대를 가졌다.

상황이 이렇게 되자 일본 대표팀 선수들도 저마다 필승의 각오를 다질 수밖에 없었다.

그중에서도 선발로 내정된 다나카 마스히로는 기 싸움을 벌이듯 리그의 차이를 들먹이며 박건호를 깎아내렸다.

"박건호가 내셔널 리그 최고의 투수라는 건 확실할 겁니다. 하지만 그가 메이저리그 최고 투수라는 건 동의할 수가 없네요."

언론들은 내친김에 박건호와 여러 차례 맞대결을 펼쳤던 오타니 쇼헤에게 마이크를 들이밀었다.

하지만 오타니 쇼헤는 자국의 건승을 기원한다는 말로 대답을 대신했다. 몇몇 언론에서 겁쟁이라고 비웃었지만 전혀 신경 쓰지 않았다.

"다나카 선배, 자신 있어요?"

"자신 있냐고? 하하. 설마 내가 그 애송이한테 질 것 같아서 그러는 거야?"

"아뇨, 난 선배가 박건호를 꼭 이겼으면 좋겠어요. 솔직히 난 자신 없거든요."

"쇼헤, 너도 자신감을 가져. 넌 최고의 투수가 될 자질이 충분하다고."

"어쨌든 꼭 이겨요, 선배."

경기 전 오타니 쇼헤는 다나카 마스히로를 찾아가 격려했다.

박건호에 대해 해줄 말이 많았지만 굳이 다 전하진 않았다. 다나카 마스히로의 자신만만한 표정을 보아하니 조언을 해줘도 들을 것 같지 않았다.

"흥, 대체 누가 메이저리그 최고라는 거야? 누구 마음대로?"

올 시즌 17승 7패, 평균 자책점 2.85의 성적으로 부진을 털고 일어난 다나카 마스히로는 자신감에 넘쳐 있었다. 그래서 경기 초반부터 150km/h대의 포심 패스트볼을 내던지며 한국 대표팀 타자들을 공략했다.

1번 타자 서건하 삼진.

2번 타자 백건우 삼진.

3번 타자 구자운도 삼진.

다나카 마스히로가 세 타자를 연속 삼진으로 돌려세우자 도쿄 돔이 떠들썩해졌다.

－다나카 마스히로! 한국 대표팀을 상대로 최고의 피칭을 선보입니다!

－아직 경기 초반이긴 하지만 컨디션이 좋아 보입니다. 특히나 포심 패스트볼의 구속과 움직임이 시즌 때와 큰 차이가 없어 보입니다.

－일본 대표팀 더그아웃 분위기도 밝아졌는데요.

－이게 바로 에이스 효과죠. 그런 면에서 오타니 쇼헤도 다나카 마스히로를 본받았으면 좋겠네요.

－오타니 쇼헤, 일본의 미래를 이끌 에이스이지만 아직까지는 많은 게 부족해 보이니까요.

일본 중계석도 다나카 마스히로를 한껏 치켜세웠다. 그러면서 은연중에 박건호의 눈치를 보던 오타니 쇼헤를 깎아내렸다.

자연스럽게 중계 카메라가 오타니 쇼헤를 비췄다. 벤치 구석에 자리 잡은 오타니 쇼헤는 마운드만 뚫어져라 바라보고 있었다.

'정말 컨디션이 좋지 않은 걸까?'

마운드를 정비한 박건호가 투수판을 밟자 오타니 쇼헤가 마른침을 꿀꺽 삼켰다.

언론이 떠들어 대는 것처럼 박건호의 컨디션에 이상이 있다면 구원 등판을 자처해서라도 조국의 4강행을 이끌 생각이었다.

하지만 박건호의 손끝을 빠져나간 공이 묵직한 포구성과 함께 포수 양인지의 미트 속에 파묻히자 오타니 쇼헤는 고개를 절레절레 흔들어 댔다.

'틀렸어.'

100퍼센트 전력을 다하지 않는 연습 투구였지만 박건호가 내던진 공은 시즌 때 한창 좋았던 궤적을 그리며 홈 플레이트를 통과해 버렸다.

그러나 박건호를 처음 상대해 보는 일본 대표팀 타자들은 전광판에 찍힌 연습 투구의 구속만으로 박건호를 평가했다.

"154㎞/h?"

"뭐야? 170㎞/h를 던진다고 하지 않았어?"

"저 정도면 충분히 해볼 만하지 않을까?"

"내가 보기엔 다나카의 공이 더 빨랐던 거 같은데?"

일본 대표팀 타자들은 웃으며 타석에 들어섰다. 170km/h를 넘나들던다던 박건호의 포심 패스트볼이 154km/h까지 떨어졌으니 정상 컨디션이 아니라고 판단한 것이다.

하지만 구심의 사인과 함께 내던진 박건호의 초구는 도쿄돔을 단숨에 침묵 속에 빠뜨렸다.

[169km/h]

오타니 쇼헤가 세웠던 167km/h가 단숨에 갱신됐다.

"뭐, 뭐야?"

선두 타자로 나선 아키야마 소고(세부 라이온스)가 입을 쩍 하고 벌렸다. 공이 너무 빨라 제대로 대응조차 하지 못한 것이다.

그러나 박건호는 일본 대표팀 타자들에게 타이밍을 맞춰줄 생각이 눈곱만큼도 없었다.

"현신이 형이 한일전에서 맞는 안타는 홈런이나 다를 바 없다고 했으니까."

박건호는 더욱 전력을 다해 공을 내던졌다.

그리고.

"스트라이크, 아웃!"

단숨에 아키야마 소고를 3구 삼진으로 돌려세웠다.

뒤이어 타석에 들어선 사카모토 하야토(요미 자이언츠)와 야마다 데스토(요거트 스왈로즈)도 눈 깜짝할 사이에 홈 플레이트를 스쳐 지나는 공에 혀를 내둘렀다.

"젠장! 이건 이야기가 다르잖아!"

"이게 뭐야!"

투 스트라이크를 먹은 후 약속이나 한 것처럼 방망이를 내돌려 봤지만 공의 그림자조차 건드리지 못했다.

그렇게 공 9개로 세 타자를 깔끔하게 처리한 뒤 박건호가 유유히 마운드를 내려갔다.

박건호의 압도적인 피칭 앞에 일본 관중석은 쥐죽은 듯 조용해졌다.

일본 중계석도 마찬가지.

-박건호, 좋은 투구를 보여줬습니다.

-역시 좋은 공을 가지고 있네요.

애써 놀람을 감추며 담담히 말을 이어갔다.

반면 건너편에 자리를 잡은 한국 중계팀은 자리에서 일어나 소리를 질러댔다.

-박건호! 박건홉니다! 이게 바로 박건호예요!

-봤어요? 170km/h입니다. 170km/h! 내 생전에 저렇게 빠른 공을 직접 볼 줄은 몰랐습니다!

-하하, 아직 놀라긴 이릅니다. 박건호 선수 최고 구속은 172km/h니까요.

-172km/h까지 던질 필요가 있을까요? 솔직히 170km/h에서 다 정리가 될 것 같은데요?

-일본 대표팀 더그아웃 분위기가 완전히 얼어붙었습니다.

-다들 귀신이라도 본 것 같은 표정인데요. 저런 반응, 저는 익숙합니다. 메이저리그에서 흔한 반응이니까요.

-일본 대표팀 감독은 '일본은 다르다'라고 인터뷰를 했죠?

-네, 다르긴 다르네요. 솔직히 저렇게 못 칠 줄은 저도 몰랐으니까요.

2회 초 공격이 시작되자 한국 중계진은 물을 삼키며 목을 가다듬었다.

중계진으로서 너무 흥분했다며 웃음 섞인 자책도 했다.

하지만 그것도 잠시.

2회 말 박건호가 또다시 세 타자를 삼진으로 잡아내자 언제 그랬냐는 듯 소리를 내질렀다.

이후에도 한국 중계진의 열광적인 중계는 계속됐다.

한국 대표팀 공격이 다나카 마스히로에게 막힐 땐 아쉬움을 토로하다가도 박건호가 복수하듯 170㎞/h의 강속구를 내던지면 아이돌 팬덤 이상으로 환호했다.

그 결과 채 5회 말이 끝날 무렵 한국 중계진은 완전히 목이 쉬어버렸다.

-목소리 상태가 좋지 않아 죄송합니다. 그럼 서진우 해설위원, 5회까지의 투구를 짚어주시죠.

-일단 점수는 0 대 0입니다. 점수만 놓고 보자면 팽팽한 투수전을 예상하실지 모르겠지만 경기 분위기는 한국 대표팀 쪽으로 넘어왔다고 해도 과언이 아닙니다.

-다나카 마스히로 선수도 5이닝 무실점 호투 중인데요.

-하지만 안타를 3개나 맞았죠. 제법 잘 맞은 타구들이 야수 정면으로 가기도 했습니다. 반면 박건호 선수는 말이 필요 없는 피칭을 선보이고 있습니다. 4회에 아키야마 소고 선수가 기습 번트를 시도하기 전까지 9타자 연속 탈삼진 기록을 세웠고 그 이후에도 변화구를 섞어가며 일본 타자들의 방망이를 헛돌게 만들고 있으니까요.

-지금까지 박건호 선수 단 한 명의 타자도 출루시키지 않은 채 12개의 탈삼진을 기록하고 있습니다.

-15개의 아웃 카운트 중에 80퍼센트를 삼진으로 잡아냈습

니다. 정말 압도적이라고밖에 할 말이 없어요.

　－반면 다나카 마스히로 선수는 탈삼진이 3개뿐인데요.

　－게다가 투구 수도 많습니다. 5회가 끝났는데 벌써 88구예요.

　－그렇다면 이번 6회에 뭔가를 기대해 볼 만하지 않을까요?

　－앞선 타석에서 서건하 선수가 안타를 때렸고 백건우 선수와 구자운 선수도 다나카 마스히로의 공에 타이밍을 맞추고 있으니까요. 안승혁 선수 앞에 밥상이 차려진다면 0 대 0의 균형이 깨질지도 모르겠습니다.

　한국 중계진의 예상은 현실이 됐다.

　따악!

　선두 타자 서건하가 2루수 땅볼로 물러났지만, 2번 타자 백건우와 3번 타자 구자운이 연속 안타를 때리며 1사 주자 1, 3루의 기회를 잡은 것이다.

　그리고 타석에 4번 타자 안승혁이 들어왔다.

　"타임!"

　일본 대표팀은 고의사구를 지시했다. 예선에서만 7개의 홈런을 때려낸 안승혁과 정면 승부는 위험하다고 판단한 것이다.

　하지만 다나카 마스히로는 고집을 부렸다.

"아직까지는 내 경기입니다."

다나카 마스히로는 투지를 불태웠다. 그리고 초구와 2구, 포심 패스트볼로 투 스트라이크를 잡아냈다.

투 스트라이크 노 볼 상황에서 다나카 마스히로가 선택한 건 결정구인 스플리터였다.

그 공을 몸 쪽 낮게 떨어뜨려 안승혁을 삼진으로 잡아내려 했다.

하지만 마지막 순간에 풀려 버린 공은 안승혁이 가장 좋아하는 몸 쪽 허리 높이로 날아들었다.

따악!

안승혁이 있는 힘껏 공을 잡아당겼다. 그리고 쭉 뻗어 나간 타구를 바라본 뒤 요란스럽게 방망이를 내던졌다.

덕분에 안승혁은 다음 타석 때 빈볼을 얻어맞아야 했다.

하지만 경기는 3 대 0.

한국의 완승으로 끝이 났다.

3타수 2안타 3타점 1득점.

결승타 포함 안승혁의 활약은 흠잡을 데가 없었다.

그러나 언론의 관심은 언제나처럼 박건호에게 향했다.

"박건호 선수! 8이닝을 퍼펙트게임으로 마쳤는데요. 9회 투구가 욕심나지 않았나요?"

"9회 투수 교체가 결정됐을 때 심정이 어땠나요?"

기자들은 박건호가 퍼펙트게임을 달성하지 못해 아쉬워할 거라 여겼다. 그러나 박건호는 단 한마디로 교체 논란을 불식시켰다.

"퍼펙트게임은 다음 경기를 위해 아껴뒀습니다. 이상입니다."

2

다저스 박건호, 결승전 퍼펙트게임 예고!
빅게임 피처 건! 프리미어 12도 퍼펙트게임으로 끝낸다!

언론은 앞다투어 박건호의 인터뷰 내용을 다뤘다.
그러면서 한국이 결승에 진출할 경우 프리미어 12와 WBC를 비롯한 국가 대항전 최초로 퍼펙트게임이 나오게 될지도 모른다고 기대했다.

ㄴ이건 박건호가 좀 오버한 듯. 퍼펙트게임이 말처럼 쉽냐?
ㄴ응, 박건호한테는 쉬워.
ㄴ너 박알못이냐? 박건호가 퍼펙트게임을 몇 번이나 달성했는 줄 알고 떠드는 거냐?
ㄴ다른 거 다 떠나서 월드시리즈 4번 나와서 노히트노런 4

번이다. 그중에 3번이 퍼펙트게임이고.

ㄴ그것도 연속 기록이지. 그래서 괴물인 거고.

ㄴ박건호가 퍼펙트라면 퍼펙트인 거야. 무슨 말들이 많아?

ㄴ그런데 그 전에 한국이 결승 올라가야 하지 않냐?

ㄴ다음 경기 이야기하는 거 아니었어?

ㄴ이 멍청아, 아무리 박건호래도 이틀 쉬고 또 어떻게 공을 던지냐. 박건호가 불펜이냐?

ㄴ크흐흐. 이거 왠지 폭탄이 대표팀 쪽으로 넘어간 기분인데?

야구팬들은 박건호가 결승전 퍼펙트게임을 달성하는 것보다 한국 대표팀이 결승에 오르는 게 더 힘들지도 모른다고 걱정했다.

언론들도 이제는 한국 대표팀이 박건호의 투지에 응답할 차례라며 압박했다.

"하하, 이거 완전히 한 방 먹은 것 같습니다."

"그러게나 말이야. 이러다 결승 못 올라가면 역적이 되겠어."

김영식 감독과 선동연 수석 코치는 헛웃음을 흘렸다.

박건호의 호투 덕분에 숙적 일본을 꺾긴 했지만 결승까지는 아직 한 경기가 더 남아 있었다.

한국의 4강전 상대는 B조 1위 도미니카 공화국이었다.

8강전에서 대만을 상대로 난타전을 벌이며 11 대 9로 힘겹게 승리하긴 했지만 여전히 미국, 푸에르토리코, 베네수엘라와 함께 최강의 화력을 과시하고 있었다.

하지만 마운드 싸움은 충분히 해볼 만했다. 도미니카 공화국 투수들이 하나같이 컨디션 난조에 빠져 있었기 때문이다.

"일단 현중이를 믿고 가는 수밖에."

한국 대표팀은 경험 많은 베테랑 양현중을 선발로 내세웠다.

양현중은 1회와 2회 연거푸 솔로 홈런을 허용하면서도 7이닝을 6피안타 3실점으로 막아내며 제 몫을 다해주었다.

마운드에서 양현중이 버텨주는 동안 대표팀 타자들도 어렵지 않게 득점을 늘려나갔다.

제구가 좋지 않은 투수들을 상대로 덤비지 않고 최대한 많은 공을 던지게 만든다는 계획이 정확하게 들어맞은 것이다.

그렇게 경기는 7 대 4, 대한민국의 승리로 끝이 났다.

"한국의 스몰 볼에 당했습니다."

경기 직후 도미니카 공화국 감독은 한국이 소극적인 야구를 펼쳤다며 불만을 늘어놓았다.

하지만 언론의 관심사는 미국과 한국이 맞붙는 결승전을 향해 있었다.

"결승전 투수가 건이라는 사실이 솔직히 부담스럽습니다. 대표팀 타자들 중에서 건의 공을 잘 쳤던 선수는 단 한 명도 없을 테니까요. 그래도 최선을 다해보겠습니다."

미국 감독은 겸손한 자세로 인터뷰에 응했다. 그러면서 박건호는 한국의 투수이기 이전에 메이저리그 최고의 투수라며 일찌감치 핑곗거리를 늘어놓았다.

미국 대표팀 타자들도 한목소리로 박건호에 대한 존경을 드러냈다.

"건이요? 제가 상대한 투수들 중에서 최고입니다."

"메이저리그 최고의 투수죠. 그리고 어쩌면 메이저리그 역사상 최고의 투수일지도 모르고요."

"건에게 안타를 뽑아낼 자신 있냐고요? 하하. 전혀요. 그저 삼진만 당하지 않았으면 좋겠습니다."

"건이 두렵냐고요? 건은 외계인이에요. 외계인이 아니고서야 그렇게 잘 던질 수 없다니까요?"

미국 언론들도 메이저리그가 키워낸 최고의 스타와 미국 대표팀이 맞붙는다며 대대적으로 보도했다.

그러면서 일본이 주도하는 프리미어 12도 메이저리그가 없이는 운영되지 않는다고 꼬집었다.

그러자 일본 언론들도 발끈하며 미국 대표팀을 깎아내렸다.

"일본전을 통해 보여준 건의 실력이라면 결승전 퍼펙트게임은 현실이 될 가능성이 높습니다."

"미국은 박건호가 없는 한국 대표팀에도 패배했습니다. 박건호가 선발로 나선다면 더 말할 필요조차 없겠죠."

"일본은 그저 결승이 아닌 8강에서 박건호를 만난 것뿐입니다. 그것으로 일본 야구를 폄하한다는 건 있을 수 없는 일입니다."

바로 얼마 전까지 박건호의 약물 복용을 의심하던 일본 언론들은 하루아침에 태도를 바꿔 박건호의 승리를 기원했다.

몇몇 언론은 메이저리그 최고 선수들이 전부 빠져 버린 미국 대표팀을 상대로 승리하지 못하는 건 있을 수 없는 일이라며 언성을 높였다.

"내 살다 살다 일본의 응원을 받으며 경기하는 날이 올 줄은 몰랐는데?"

"그러게 말이야. 마에다 케이타가 나한테도 힘내라고 전화 주더라."

"뭐? 마에다가? 그런데 왜 나한텐 안 한 거야?"

"너하고는 오타니 쇼헤 때문에 좀 껄끄럽잖아."

"그게 언제 적 일인데. 암튼 마에다도 소심하다니깐."

박건호는 달라진 분위기를 즐겼다. 도쿄 돔에 꽉 들어찬 수많은 일본인도 다저스 팬들이라고 받아들여 버렸다.

"자, 그럼 약속을 지켜보실까?"

발로 마운드를 꼼꼼히 고른 뒤 박건호가 천천히 투수판을 밟았다.

그리고 1번 타자로 나선 작 피터슨의 몸 쪽에 170㎞/h의 포심 패스트볼을 꽂아 넣었다.

퍼엉!

포수 양인지의 미트를 뒤흔든 공을 지켜보며 작 피터슨이 고개를 흔들어 댔다.

"이건 못 쳐. 이걸 어떻게 치라는 거야?"

같은 팀 동료이기 이전에 타자로서 작 피터슨도 박건호의 공을 한번 때려보고 싶다는 욕심을 가졌다.

그래서 한 타석이라도 더 박건호를 상대하기 위해 1번에 세워 달라고 감독에게 떼를 썼다.

하지만 지금은 결승전 첫 번째 타자로 나선 걸 후회했다.

'그냥 6번 치는 건데…….'

박건호의 손끝에서 새하얀 공이 날아들자 작 피터슨이 이를 악물고 방망이를 내돌렸다.

그러나 공은 아무런 방해 없이 그대로 양인지의 미트 속으로 빨려 들어갔다.

"스트라이크, 아웃!"

만만찮은 타자 작 피터슨을 3구 삼진으로 돌려세운 박건호는 여세를 몰아 미국 대표팀 타자들을 요리하기 시작했다.

물론 미국 대표팀 타자들도 그냥 당하진 않았다.

지난 두 시즌 동안 박건호를 상대한 경험이 있다 보니 다들 이를 악물고 박건호의 포심 패스트볼에 타이밍을 맞춰 나갔다.

그러나 박건호는 눈 하나 까딱하지 않았다. 타자들이 공을 건드려도 아랑곳하지 않고 더욱 힘껏 포심 패스트볼을 던졌다. 커트가 되면 다시 한번 쳐 보라고 같은 코스로 공을 찔러 넣기도 했다.

"스트라이크, 아웃!"

"스트라이크, 아웃!"

"스트라이크, 아웃!"

박건호의 공격적인 피칭에 미국 대표팀 타자들의 투지는 빠르게 꺾여 나갔다.

그러는 동안 한국 대표팀 타자들은 미국 대표팀 에이스 대니 던피를 착실하게 물고 늘어졌다.

3회에 한 점. 5회에 한 점. 그리고 6회에 한 점.

후반에 접어들기도 전에 박건호에게 무려 석 점의 리드를 안겨주었다.

"야, 이 정도면 됐지?"

홀로 2타점을 책임진 안승혁이 박건호를 바라봤다.

"밥값은 했다만 MVP는 안 될 거다."

박건호가 괜히 안승혁을 자극했다.

"젠장, 두고 봐. 내 오늘 기필코 홈런 친다."

안승혁은 남은 두 타석 내내 장타를 노렸다.

9개인 홈런 개수에 하나를 더해 프리미어 12 최초의 두 자릿수 홈런 타자가 되어서 대회 MVP를 차지하고 싶었다.

하지만 미국 대표팀은 안승혁과 결코 승부를 보려 하지 않았다. 안승혁이 좋아하는 코스로 유인구를 찔러 넣으며 범타를 유도했다.

"젠장할!"

결국 추가 홈런 생산에 실패한 안승혁은 박건호에게 대회 MVP를 빼앗기고 말았다.

예선은 건너뛰고 본선 2경기밖에 던지지 않았지만, 17이닝 동안 단 하나의 안타도 허용하지 않고 결승전 퍼펙트게임이라는 어마어마한 대기록을 작성한 박건호의 아성을 넘지 못했다.

"진짜 더럽고 치사해서."

"왜? 부럽냐?"

"됐어. 너 혼자 다 해 먹어라."

"너 자꾸 그러면 지은이한테 너 변태라고 말한다."

"내, 내가 왜 변태야?"

"그러니까 잘해, 인마. 지은이랑 잘되고 싶으면."

"크으으. 진짜 하늘도 너무하시지. 어떻게 너한테만 다 주냐."

안승혁이 불만스럽게 투덜거렸다. 그러면서도 박건호가 박지은과 교제를 인정해 주자 언제 그랬냐는 듯 히죽 웃음을 흘렸다.

그렇게 말도 많고 탈도 많았던 프리미어 12는 한국의 2회 연속 우승으로 끝이 났다.

42장
2020(1)

1

프리미어 12를 마친 뒤 박건호는 곧장 한국으로 건너왔다. 그리고 제시카 테일러와 약혼을 했다.

박건호는 본래 LA에서 약혼식을 치를 예정이었다. 사촌까지 모여 사는 제시카 테일러 가족들이 한국에 오기에는 너무 번거롭다고 여겼다.

하지만 6.25 참전 용사인 제시카 테일러의 할아버지와 작은할아버지가 죽기 전에 한국에 다시 한번 가 보고 싶다고 소원하면서 약혼식 장소가 바뀌었다.

"형, 어떻게 됐어?"

"일단 장소는 섭외했는데 항공편이 문제다."

"왜? 예산 초과야?"

"아니, 돈 문제가 아니라 좌석이 마땅치가 않아. 약혼식에 참석하겠다는 인원만 200명이 넘거든."

"헉! 200명? 50명 아니었어?"

"그게…… 제시카 친구들과 지인들도 참석하고 싶어 하나 봐. 그렇다고 매몰차게 거절할 수도 없는 노릇이고."

"그렇지. 그럼 제시카 입장도 난처해질 테니까."

"경비야 알아서 부담하겠다는 사람이 많으니까 크게 문제 될 건 없는데 여러 차례 나눠서 와야 할 테니까 그게 문제지."

"하긴. 사람들 데리고 오고 하는 것도 일이니까."

"그래서 말인데…… 다저스 쪽에 부탁해 보는 건 어떨까?"

"다저스에?"

"LA 약혼식이 취소됐을 때 다저스에서 필요한 게 있으면 언제든 요청하라고 했거든. 혹시 방법이 있을까 해서 말이다."

"흠……. 개인사에 구단 도움받는 건 좀 그렇긴 하지만 일정이 빠듯하니까. 한번 이야기해 봐."

"오케이, 알았어."

브라이언 최는 곧장 다저스에 도움을 청했다.

다저스 구단은 곧바로 전세기를 지원하겠다고 답했다. 그러면서 구단 고위층들도 약혼식에 초대되길 바란다는 뜻을 전했다.

"구단에서?"

"아무래도 3년 후면 옵트 아웃이 가능하니까. 그전에 친분을 쌓겠다는 거겠지."

"어째 이거 점점 일이 커지는데?"

"좋게 생각하자. 덕분에 항공편 문제는 해결이 됐으니까."

"하긴, 이것저것 따지면 끝도 없으니까."

박건호는 다저스의 제안을 받아들였다.

덕분에 제시카 테일러의 가족들과 지인들은 아무런 불편함 없이 다저스 구단 전세기를 타고 한국에 도착할 수 있었다.

"박건호 오늘 약혼한다며?"

"장소가 어디야?"

"웨스틴 코리아라는데?"

"보나 마나 비공개지?"

"연예인하고 결혼하는 것도 아니니까."

"그래도 한번 뚫어봐?"

"에이전트 쪽에서 보도 자료 받고 기사 쓸 순 없으니까."

기자들은 약혼식이 열리는 웨스틴 코리아 호텔 앞으로 몰려들었다.

하지만 약혼식 진입은 실패했다. 사전에 발급된 신분증을

지참하지 않을 경우 그 누구도 입장이 불가능했기 때문이다.

"진짜 해도 너무하네. 우리가 남이야?"

"박건호 이 새끼. 두고 봐."

"다음 시즌 못하기만 해봐라. 아주 잘근잘근 씹어줄 테니까."

약혼식에 참석하지 못한 일부 기자들이 불만스레 저주를 퍼부었다.

그래서일까.

2020년 시즌이 시작되고 박건호는 최악의 4월을 보냈다.

6경기에 등판해 4승. 평균 자책점 2.05.

객관적으로 보자면 수준급 성적이었다. 하지만 2년 연속 MVP를 차지한 메이저리그 최고 투수 박건호의 기록이라면 이야기가 다를 수밖에 없었다.

"성급하긴 하지만 건의 올 시즌 출발은 썩 좋아 보이지 않습니다."

"프리미어 12도 참가했고 약혼도 했으니까요. 제대로 휴식을 취하지 못했을 겁니다."

"그래도 시범 경기 때는 나쁘지 않은 경기력을 보여줬었는데요."

"솔직히 지금도 나쁘진 않습니다. 다만 지난 2년간 보여줬던 건의 압도적인 모습과는 조금 거리가 있는 게 문제겠죠."

전문가들은 박건호의 부진이 심상치 않다고 걱정했다. 하지만 그들 중 누구도 박건호의 부진이 오래 갈 것이라고 생각하진 않았다.

"4월의 마지막 경기에서는 완봉승을 거두었으니 5월을 지켜볼 필요가 있을 것 같습니다."

"작년에도 전반기 때의 아쉬움을 후반기 압도적인 경기력으로 극복해 냈으니까요."

"솔직히 건보다 슬레이튼 커쇼가 더 불안해 보입니다."

"지난 2년간 너무 많은 공을 던졌어요. 그 피로도가 올 시즌에 찾아온 느낌입니다."

박건호가 시즌 초반 주춤하면서 슬레이튼 커쇼도 영향을 받았다. 6경기 선발로 나와 3승 2패. 평균 자책점은 무려 3.21에 달했다.

일부 지역 언론은 슬레이튼 커쇼가 박건호에게 1선발 자리를 빼앗겨 충격을 받은 거라며 구단에 책임을 떠넘겼다. 그러나 대다수 전문가는 슬레이튼 커쇼가 과부하에 걸렸을 가능성이 높다고 진단했다.

박건호와 슬레이튼 커쇼의 동반 침체로 인해 다저스는 17승 11패라는 평범한 성적으로 4월을 마쳤다.

그리고 그 뒤를 로키스(15승 13패)와 자이언츠(14승 14패), 파드리스(13승 15패)가 바짝 추격했다.

메이저리그 사상 유례를 찾아보기 힘든 초박빙의 순위표가 만들어진 것이다.

"올 시즌은 해볼 만합니다."

"다저스 MVP 듀오도 무적은 아니니까요."

"내셔널 리그 서부 지구의 전력은 비등해졌습니다. 더 이상 다저스의 독주는 없을 겁니다."

내셔널 리그 서부 지구 팀들은 약속이라도 한 것처럼 올해 는 다를 거라 자신했다.

최하위로 처진 다이아몬드백스(10승 18패)조차도 다저스와의 5월 초 3연전을 통해 순위를 끌어올리겠다는 포부를 밝혔다.

"이거 완전히 다저스가 동네북으로 전락했는데?"

"그러니까 밤에 일찍 좀 자라."

"나 일찍 일찍 자거든?"

"일찍은 개뿔. 너희 커플 때문에 시끄러워서 잠을 잘 수가 없다. 진짜 따로 집을 알아보든지 해야지 원."

"당연한 걸로 호들갑은. 너라고 다를 거 같냐?"

박건호는 그저 기가 찼다. 다른 사람도 아니고 안승혁까지 그런 말을 할 줄은 몰랐던 것이다.

"이거 이러다 괜히 제시카만 힘들어지겠어."

박건호는 작심하고 컨디션 조절을 시작했다. 프리미어 12 와 도쿄 올림픽 때문에 시즌 초에 무리하지 않은 것뿐이지만 더 이상 여유를 부리긴 힘들 것 같았다.

이틀 후.

박건호는 다이아몬드백스와의 3차전에 선발로 나섰다.

다이아몬드백스의 선발 투수는 맥 그레인키.

한때 슬레이튼 커쇼와 최강의 원투펀치라 불리던 사이영 상 피처였다.

"팬들 앞에서 건에게 망신당할 수는 없지."

만원 관중을 의식한 듯 맥 그레인키는 1회 초부터 전력을 다했다. 최고 구속 97mile/h(≒156.1㎞/h)의 포심 패스트볼을 적극적으로 찔러 넣으며 타격감이 떨어진 다저스 타자들을 공략했다.

작 피터슨은 5구 삼진으로 물러났다. 마이클 리드는 3구를 건드려 유격수 땅볼로 유도했고 코일 시거는 초구를 건드려 중견수 플라이로 잡아냈다.

세 개의 아웃 카운트를 잡아내는 데 필요한 공은 단 9개.

"맥! 매애애액!"

"잘했어! 바로 그거라고!"

애리조나 볼파크를 가득 메운 관중들은 에이스다운 투구를 선보인 맥 그레인키에게 박수를 쏟아냈다.

원정 경기에서 상대 팀 에이스의 호투는 뒤이어 마운드에 오르는 투수의 심리에 영향을 미칠 수밖에 없었다.

더욱이 맥 그레인키는 4월에만 5승 1패, 평균 자책점 1.96으로 박건호를 제치고 내셔널 리그 4월 MVP까지 수상했다.

인간이라면 그 부담감을 온전히 떨쳐 내기가 어려웠다.

그러나 박건호는 평소처럼 마운드에 올랐다. 맥 그레인키가 남겨 놓은 흔적들을 발로 쓱쓱 문지르고는 오스틴 번을 향해 가볍게 공을 던졌다.

그리고는 선두 타자 데이브 페렐타가 타석에 들어서자 기다렸다는 듯이 불같은 강속구를 몸 쪽에 꽂아 넣었다.

퍼엉!

묵직한 포구 소리가 경기장에 울려 퍼졌다. 뒤이어 전광판에 박건호 전용 숫자가 선명하게 찍혔다.

[107mile/h(≒172.2km/h)]

순식간에 애리조나 볼파크는 침묵에 빠져들었다.

자신만만하게 타석에 들어섰던 데이브 페렐타도 마찬가지. 박건호가 컨디션을 회복했다는 사실을 알아채고는 냉큼 목을 움츠렸다.

"인터뷰에서 선두 타자 홈런을 때려보겠다고 했지? 자, 데이브. 네가 좋아하는 몸 쪽 포심이야. 잘 받아 치라고."

박건호는 2구와 3구를 연속해서 몸 쪽으로 찔러 넣었다. 데이브 페렐타가 어떻게든 공을 맞혀보겠다며 방망이를 내돌려 봤지만 소용없었다.

－건이 돌아왔네요.
－하하, 지난 자이언츠전 때부터 회복의 기미가 보였었는데 이제 완전히 회복된 것 같습니다.
－저는 건의 부진 아닌 부진이 오래가지 않을 거라 확신했습니다.
－저 역시 그렇게 생각했습니다. 축구에 그런 명언이 있죠. 폼은 일시적이지만 클래스는 영원하다고요. 건은 클래스가 다른 투수입니다. 일시적으로 투구 밸런스가 흔들릴 수는 있겠지만 그렇다고 클래스가 달라지진 않겠죠.
－한 가지 놀라운 사실은 건의 나이가 이제 겨우 스물둘이라는 겁니다.
－서른이 되려면 아직 8년이나 남았네요. 정말 이 경이로운 투수의 전성기는 언제쯤 끝이 날지 궁금해집니다.

중계진의 호평을 즐기듯 박건호는 모처럼 만에 압도적인 피칭을 이어 나갔다.

4월 한 달간 100mile/h(≒160.9㎞/h)을 오가던 포심 패스트볼의 평균 구속은 104mile/h(≒167.3km/h)로 높아졌다.

11.5개까지 떨어졌던 9이닝당 탈삼진 수치(44이닝 56탈삼진)도 5이닝 동안 12개를 채워 넣으며 12.5까지 뛰었다.

박건호의 호투를 지켜보던 맥 그레인키도 투지를 불태웠다. 2회와 3회 4개의 탈삼진을 추가하며 박건호를 바짝 뒤쫓았다.

하지만 메이저리그 최고의 탈삼진 기계라 불리는 박건호의 페이스를 따라잡기란 쉬운 일이 아니었다.

무리해서 구속을 끌어올리는 과정에서 밸런스가 흐트러지면서 4회 에이든 곤잘레스와 안승혁에게 백투백 홈런을 얻어맞고 말았다.

"빌어먹을! 다들 뭘 하고 있는 거야!"

힘겹게 이닝을 마치고 더그아웃으로 돌아온 맥 그레인키는 타자들을 향해 짜증을 냈다.

자신이 이렇게 고생하는데 박건호를 상대로 단 하나의 안타도 빼앗지 못하는 타자들이 원망스럽기만 했다.

하지만 박건호를 상대해야 하는 타자들도 답답하긴 마찬가지였다.

"건, 저 녀석. 우리한테 왜 저러는 거야?"

"그러게 말이야. 작년에 그렇게 이겼으면 한 경기 정도는 봐줘도 되잖아. 안 그래?"

"아무튼…… 정말 얄미운 놈이라니까."

인정머리라고는 눈곱만큼도 없는 박건호를 탓하며 다이아
몬드백스 타자들은 이를 악물고 방망이를 내돌렸다.

하지만 야속하게도 박건호는 그 누구도 1루를 밟도록 허락
하지 않았다.

건! 2020시즌 첫 번째 퍼펙트게임 달성!

건 도우미 다이아몬드백스. 지난 후반기처럼 건의 호투를
이끌다.

통산 9번째 퍼펙트게임을 달성한 박건호는 아홉수를 조심
해야 한다는 국내 언론들의 경고를 무시하듯 다음 경기에서
10번째 퍼펙트게임을 완성시켰다.

그리고 언론과의 인터뷰를 통해 제시카 테일러의 내조가
컨디션 회복의 원동력이라고 밝혔다.

하지만 야구팬들은 박건호의 약혼녀 자랑을 곧이곧대로 받
아들이지 않았다.

ㄴ보나 마나 엄청 시달린 거 같은데?

ㄴ건도 그렇게 안 봤는데 은근히 공처가 스타일인 듯.

ㄴ어쩌면 약혼녀가 성적 부진을 이유로 잠자리 거부를 했

을지도 모르지.

　└이래서 남자는 여자 하기 나름이라고.

"나 참. 그런 거 아니라니까."

박건호는 자신의 호투에도 달라지지 않는 여론이 못마땅했다. 괜히 이런 일들로 제시카 테일러가 마음을 쓰지 않을까 걱정했다.

그러나 제시카 테일러는 박건호가 생각하는 것처럼 약하지 않았다.

메이저리그 최고의 선수인 박건호와 약혼을 하면서 제시카 테일러는 스스로 강해지자고 다짐했다. 박건호가 좋은 성적을 낼 수 있도록 최선을 다해 내조해야 할 자신이 주변의 말들에 휘둘려서는 안 된다고 굳게 마음먹은 뒤였다.

"건, 난 괜찮으니까 신경 쓰지 마요."

"정말…… 괜찮아?"

"조금 짓궂긴 하지만 괜찮아요. 그리고 불화설보다는 낫잖아요. 안 그래요?"

"그렇지? 불화설보단 나은 거지?"

"그럼요~"

"그럼 그런 의미에서 우리 오붓한 시간을 가져 볼까?"

"거, 건! 안 피곤해요?"

"피곤하지. 그런데 제시카만 보면 도저히 참을 수가 없단 말이야."

"그럼 좀 쉬어요. 이러다 다음 경기에 지장이 있으면 어떻게 해요?"

"그럴 일은 없을 테니까 안심해."

"정말이죠?"

"그럼. 나 박건호야. 고작 이 정도로 영향받지 않는다고."

박건호는 망설이는 제시카 테일러를 안아 들고 침실로 돌진했다.

"젠장. 타이밍 한번 죽이네."

때마침 먹을 걸 찾아 내려왔던 안승혁이 미간을 찌푸렸다. 그러고는 발소리를 죽이며 자신의 방으로 되돌아갔다.

2

5월 초 두 번의 퍼펙트 게임 이후로 박건호의 시즌 성적은 수직 상승했다.

6월 초까지 8경기에서 61이닝 무실점이라는 대기록을 세우며 스승이자 감독인 모렐 허샤이저를 뛰어넘었다. (기존 기록 59이닝) 덕분에 한때 2점대 후반까지 치솟았던 평균 자책점도 0.87까지 떨어졌다.

그리고 전반기를 14승 무패, 평균 자책점 0.93으로 마치며 MVP와 사이영 상 3연패를 정조준했다.

박건호가 살아나면서 다저스도 다시 여유롭게 내셔널 리그 서부 지구 1위를 질주했다. 64승 29패, 승률 0.688을 기록하며 내셔널스를 네 경기 차이로 제치고 3년 연속 내셔널 리그 승률 1위 굳히기에 들어갔다.

메이저리그 홈페이지는 전반기 성적을 평가하며 다저스에게 A+의 성적을 주었다. 그리고 작년보다 페이스가 떨어지긴 했지만 월드시리즈 3연패가 불가능해 보이지 않는다고 총평했다.

선수들 중에서는 슬레이튼 커쇼와 코일 시거, 안승혁이 A+의 성적표를 받았다. 그리고 박건호는 감히 메이저리그 최고의 선수를 평가할 수 없다는 이유로 논외 등급이 부여됐다.

ESPM은 한술 더 떠 메이저리그 단장들과 감독, 주요 선수들을 대상으로 특별한 설문 조사를 실시했다.

올스타 브레이크 이후 단 한 명의 선수를 데려올 수 있다면 누구를, 얼마를 주고 데려올 것인지에 대한 질문을 던졌는데 예상대로 응답자 전원이 박건호를 지목했다.

박건호를 데려오기 위한 몸값은 천차만별이었다. 최소 연평균 5천만 달러에서 최대 백지 수표까지. 박건호만 데려올 수 있다면 수단과 방법을 가리지 않겠다는 의견이 대부분이었다. 그 와중에도 몇몇 스몰 마켓 단장들이 연평균 3천만 달러 선에서 박건호가 와 주면 정말 좋겠다는 꿈같은 말을 덧붙였다.

이처럼 박건호의 주가가 또다시 치솟자 다저스 구단은 고민에 빠졌다. 단순히 계약 문제만은 아니었다. 올스타 브레이크 직전에 한국 협회로부터 대표팀 차출 요청이 들어왔기 때문이다.

"도쿄 올림픽 일정이 어떻게 되지?"

"7월 24일부터 8월 9일까지예요. 야구는 8월 5일이 결승전이고요."

"건이 결승전에 나선다고 가정하면 다음 등판은 언제쯤 가능한 거야?"

"곧바로 돌아와 컨디션을 조절한다 하더라도 15일 이전까진 등판이 어려울 거예요."

"15일이라. 그럼 어림잡아 한 달이네."

알렉스 인터폴리스 부사장이 무겁게 한숨을 내쉬었다. 순위 경쟁이 치열한 시즌 막판에 에이스 없이 한 달을 버텨야 한다는 생각만으로도 가슴이 답답해졌다.

"다른 방법은 없을까?"

"다른 방법이라니요?"

"올림픽이 이번만 있는 건 아니잖아. 그다음에 아시안 게임도 있고. 아시안 게임에서 메달을 따도 병역 혜택을 받는 거 맞지?"

"아시안 게임에도 병역 혜택은 있어요. 하지만 무조건 우승해야만 해요. 2위부터는 혜택이 없어요. 그리고 다음 아시안 게임은 2년 후 중국에서 열리죠."

"2년 후라. 딱 좋네."

"네. 우리가 건과 재계약하지 않을 생각이라면요."

세런 테일러가 안경을 고쳐 쓰며 말했다.

"젠장. 꼭 그렇게까지 말할 필요는 없잖아."

알렉스 인터폴리스 부사장이 얼굴을 와락 일그러뜨렸다.

계약상 내후년 시즌이 끝나면 박건호는 4년째 옵트 아웃을 행사할 수 있다. 물론 FA까지는 1년이 남아 있으니 곧바로 FA가 되어 다저스를 떠나는 건 아니지만 다저스와 1년 계약 후 다른 팀의 제안을 기다리는 건 얼마든지 가능한 시나리오였다.

"WBC는 어때? 그건 아무 혜택이 없는 거야?"

"네. 없어요."

"그렇다면 차라리 미국으로 귀화시키는 건 어때?"

"건이 그럴 마음이 있었다면 프리미어 12에 참석하지는 않았겠죠. 약혼식을 한국에서 하지도 않았을 테고요."

"후우……. 그럼 꼼짝없이 건을 보내줘야 한다는 말인데 방법이 없을까?"

"건을 보내지 않을 방법을 물어보는 거라면 애석하게도 없어요. 건 본인이 국가대표 차출을 거절한다면 또 모르겠지만요. 하지만 건의 빈자리를 최소화할 수 있는 방법은 있어요."

"그런 방법이 있다고? 그게 뭔데?"

"가장 확실한 방법은 올림픽 기간 동안 리그를 중단하는 거예요."

"그게 말이 된다고 생각해?"

"이미 한국과 일본에서는 올림픽 브레이크를 확정 지었어요. 우리라고 못할 건 없죠."

"물론 못할 건 없지. 하지만 그러기에는 손해가 막심하다고. 그 누구도 동참하려 하지 않을 거야."

"그렇다면 남은 방법은 한국과 손해를 분담하는 것뿐이에요."

"손해 분담?"

"건을 결선에만 뛰게 한다면 최소한 2주 정도는 더 붙잡아둘 수 있어요."

세런 테일러가 차선책을 제안했다.

"올림픽 야구 예선은 풀리그지?"

"네. 8개국이 8일간 풀리그를 치르는 방식이에요."

"8일이면 중간에 하루 휴식일이 있다는 이야기네."

"8일간의 본선이 끝나면 하루 쉬고 4강전이에요. 그리고 다시 하루를 쉬고 결승전이고요."

"만약 건이 결선에만 나선다면 4강전이나 결승전, 둘 중 한 경기밖에 나가지 못하는 거잖아?"

"그렇게만 된다면 한의 체력 관리도 수월해지겠죠."

"한국이 결선에 오를 가능성은 어느 정도나 되는 거지?"

"건이 본선에 합류한다고 가정했을 때는 90퍼센트 이상이에요. 하지만 한이 결선부터 뛰게 된다면 50퍼센트 정도라고 예상해요."

"반반이라. 그렇다면 한국 협회에서 받아들일 리 없잖아."

알렉스 인터폴리스 부사장이 미간을 찌푸렸다. 당장 본선 통과를 장담할 수 없는 상황에서 최소 2승을 책임져 줄 에이스를 포기한다는 건 말이 되지 않아 보였다.

그 점에 대해서는 세런 테일러의 생각도 같았다. 하지만 박건호뿐만 아니라 메이저리그 모든 선수에게 제약이 걸린다면 상황은 얼마든지 달라질 수 있었다.

"지금 올림픽 차출 문제로 골치 아픈 건 우리만이 아닐 거예요."

"그렇겠지. 다른 구단들도 주전급 선수들이 빠져나가는 상황이니까."

"지금 다른 구단들이 우리를 주시하고 있다는 거 알고 있어요?"

"왜? 설마 우리가 건의 차출을 반대하길 바라기라도 하는 거야?"

"그렇게 된다면 다른 구단들도 명분이 생기겠죠. 건은 그만 큼 상징적인 투수니까요. 하지만 그래 봐야 우리에겐 득이 될 게 없죠. 그러니까 알렉스가 나서서 판을 짜 봐요."

"판? 어떻게?"

"이를테면 몸값 1,000만 달러 이상의 선수들은 무조건 결선에만 나가게 하는 거죠."

"오호, 그거 좋은 생각인데?"

알렉스 인터폴리스 부사장이 무릎을 쳤다.

메이저리그 커미셔너가 도쿄 올림픽의 정상화를 위해 적극적으로 협의하겠다는 약속을 하긴 했지만 최종 결정권은 어디까지나 소속 구단에게 있었다. 구단이 동의하지 않는다면 제아무리 메이저리그 커미셔너라 하더라도 선수 차출을 강제할 수는 없었다.

"일단 앤디부터 만나야겠어."

알렉스 인터폴리스 부사장은 즉시 앤디 프리드먼 사장을 찾아갔다.

"좋아. 그런 일이라면 도와야지."

앤디 프리드먼 사장도 박건호의 부재를 최소화하기 위해

적극적으로 나섰다.

　그로부터 이틀 후. 메이저리그 각 구단의 대표들이 한자리에 모였다.

　네 시간여 동안 진행된 토론 끝에 메이저리그 30개 구단은 연봉 500만 달러 이상의 선수들에 한해 올림픽 차출 제안에 합의했다. 선수 보호 차원에서 본선 참여 금지를 선언한 것이다.

　메이저리그 구단주들이 뜻을 모으자 메이저리그 커미셔너도 못 이기는 척 그들의 결정을 받아들였다. 그렇게 메이저리그 선수들을 긁어모아 전력을 강화하겠다는 본선 참가국들의 계획에 비상에 걸렸다.

　2020년 도쿄 올림픽 본선 티켓을 거머쥔 나라는 개최국 일본을 포함해 미국(미주 예선 1위), 도미니카 공화국(미주 예선 2위), 네덜란드(유럽 예선 1위), 한국(아시아 예선 1위), 쿠바(플레이오프 1위), 베네수엘라(플레이오프 2위), 캐나다(플레이오프 3위) 등 8개국이었다.

　이 중 메이저리그 선수들에 대한 의존도가 큰 나라들은 메이저리그 사무국의 결정에 즉각적으로 반발했다. 몇몇 나라들은 강제로라도 선수들을 소환하겠다며 으름장을 놓기까지 했다.

반면 자국 선수들이 주축이 된 한국과 일본은 계산기를 두드리는 데 여념이 없었다.

"이렇게 되면 확실히 본선은 편해졌습니다."

"다들 선수 수급이 쉽지 않을 테니까요. 큰 이변 없이 결선에 올라갈 수 있을 것 같습니다."

"중요한 건 순위죠. 박건호가 없는 상황에서 몇 위까지 할 수 있을지가 관건입니다."

"메이저리거가 빠진다면 도미니카 공화국이나 네덜란드, 캐나다, 베네수엘라는 해볼 만할 겁니다."

"결국 일본, 미국 정도와 우승을 두고 다투게 되겠죠."

"운이 따라서 우승을 한다고 해도 문제입니다. 4강전에서 누굴 만나느냐에 따라 박건호의 등판이 달라질 테니까요."

"일단 2위나 3위는 위험합니다. 일본이나 미국을 만나게 될 가능성이 높아요."

"4위도 불안하긴 마찬가지입니다. 그렇게 되면 일본이나 미국 둘 중에 한 나라는 1위가 되어 있을 테니까요."

"전승 우승까진 아니더라도 일단 본선에서 1위를 하는 게 최선입니다. 1위를 한 다음에 4위에 수월한 상대와 붙길 바라는 수밖에 없습니다."

"그 말은 박건호를 결승에서 쓰자는 소리입니까?"

"4강 대진이 예상보다 좋다면 4강전에서 굳이 박건호를 소비할 이유가 없겠죠.”

　한국 협회는 내심 한국이 본선 1위를 차지해 쿠바를 비롯한 중남미 국가와 4강전을 치르길 바랐다.

　그것은 일본 대표팀도 마찬가지였다.

“전승 우승입니다.”

“사무라이 정신으로 무조건 1위를 해야만 합니다.”

　박건호의 불참은 어디까지나 조건부였다. 한국의 결선행이 확정되면 박건호는 곧장 비행기를 타고 도쿄로 날아올 터였다.

　당연하게도 일본 대표팀 입장에서는 박건호 카드를 들고 있는 한국을 무조건 피해야만 했다.

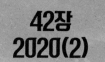

42장
2020(2)

"한국의 예상 순위가 어떻게 되는 거야?"

"당초 전력 평가로는 잘해야 4위였습니다. 박건호를 두 경기 정도 등판시켜서 최소 2승은 따낸다는 전제였으니까요. 하지만 지금으로서는 3위 이내도 가능해 보입니다."

"우승 가능성은?"

"우리 일본과 미국이 있으니 가능성은 낮습니다."

"세 나라가 서로 물고 물릴 수도 있는 거잖아."

"그 경우를 감안하더라도 5퍼센트 이하입니다."

"5퍼센트라. 그 정도면 1위는 못 한다고 봐야겠지."

일본 대표팀은 메이저리그 선수들의 참여가 배제된 각국의 전력을 바탕으로 다시금 순위를 매겼다.

1위는 개최국 일본. 2위는 미국이 유력하며 3위는 한국, 4위는 쿠바가 유력하다는 분석이 나왔다. 탄탄한 메이저리그 선수층을 바탕으로 호성적을 거둘 것이라 예상됐던 도미니카 공화국과 베네수엘라는 각각 5, 6위로 내려앉았다. 복병 네덜란드도 같은 이유로 7위까지 밀렸고 캐나다가 최하위로 평가됐다.

이 같은 분석이 맞아떨어질 경우 일본은 한국과 결승전에서 만나게 될 가능성이 높았다.

하지만 만에 하나 미국과의 일전에서 패배하기라도 한다면 한국과 준결승에서 만나는 최악의 시나리오에 당첨될지도 몰랐다.

"지금 한국과 첫 번째 경기지?"

"네. 아무래도 한일전이 이슈가 되니까 가장 먼저 잡아 놓았습니다."

"미뤄야 해. 가능하면 가장 마지막 경기로 미루라고."

"저 역시 같은 생각입니다. 다른 나라들을 먼저 상대한 다음에 최종전 무렵에 한국과 순위를 확정 짓는 편이 나을 것 같습니다."

"그렇다면 개막전은 어디가 좋을까요?"

"미국과 먼저 경기를 치르는 게 어떨까요?"

"미국과?"

"네. 어차피 미국 말고는 이렇다 할 라이벌이 없으니 일찍 승부를 결정짓는 게 좋을 것 같습니다."

일본 협회는 중지를 모아 올림픽 조직위원회를 찾았다. 그리고 우승을 위해 일정을 변경해 줄 것을 간곡히 청했다.

다행히 공식 일정을 발표하지 않았던 조직위원회는 일본 협회의 요청대로 일정 변경을 진행했다.

한국과의 맞대결로 잡혀 있던 개막전은 미국으로.

세계 최강을 놓고 미국과 겨루기 위해 준비했던 최종전은 한국으로.

"뭐야? 이제 와서 일정을 바꾼다는 게 말이 되는 거야?"

"차라리 잘된 일인지도 모릅니다. 일본과 먼저 붙으면 우리 역시 일정을 조절할 수 있으니까요."

"지금 그게 할 소리야?"

"12년 만에 열리는 올림픽 야구입니다. 또 한동안 열리지 않을 수도 있고 올림픽에서 영원히 퇴출될 수도 있어요."

"그래서 뭐? 그것과 무슨 상관인데?"

"명색이 세계 최강이라면 마지막이 될지도 모르는 올림픽에서 우승해야 한다는 이야기입니다. 그러기 위해서는 일단 준결승에서 한국을 피해야 하고요. 설마 다저스의 건이 버티고 있는 한국을 준결승에서 만나도 상관없다고 생각하는 건 아니겠죠?"

"제길. 건 그 자식은 왜 하필이면 한국인으로 태어난 거야?"

"어쨌든 공식 항의보다는 적당한 유감의 표시 정도로 넘어가도록 하자고요. 일본이 얄밉긴 하지만 우리도 손해 볼 건 없으니까요."

미국이 조직위원회의 일정 변경안을 받아들이면서 일본과 미국의 개막전이 확정됐다. 자연스럽게 한국의 첫 경기 상대는 일본이 아닌 캐나다로 바뀌었다.

"일단 예정대로 밀고 가자고."

선동연 감독은 일본전에 내보내려던 양현중을 그대로 캐나다전에 투입시켰다. 주변에서는 최약체인 캐나다를 상대로 양현중을 투입하는 건 낭비라는 지적이 적지 않았지만 선동연 감독은 고집을 꺾지 않았다. 양현중을 일정대로 내보내야 결선 두 경기 중 한 경기에 투입할 수 있기 때문이었다.

예정대로 첫 경기에 선발 등판한 양현중은 7이닝 동안 6피안타 2사사구 무실점 호투를 펼치며 한국 대표팀에 첫 승을 안겼다.

탈삼진은 3개에 그쳤지만 스트라이크존 외각을 오가는 정교한 제구 앞에 캐나다 타자들은 좀처럼 타이밍을 맞추지 못했다.

양현중에 이어 신창민과 김재운이 1이닝씩 틀어막으며 예선 1차전은 8 대 0, 한국 대표팀의 완승으로 끝났다.

예정보다 쉽게 첫 승을 거둔 한국 대표팀은 곧바로 도쿄돔에서 열리는 미국과 일본의 경기 결과를 기다렸다.

한국과 같은 시간에 시작된 경기는 8 대 8로 승부를 가리지 못해 11회 승부치기에 들어가 있었다.

"어떻게 됐어?"

"11회 초에서 미국이 2점을 따냈습니다."

"2점? 왜 2점뿐이야?"

선동연 감독이 눈을 치떴다. 무사 1, 2루에 주자를 두고 시작하는 승부치기 규정상 2득점은 적은 점수에 속했다. 기습 번트로 주자를 한 베이스씩 올린 뒤 적시타 하나만 나와도 충분히 얻을 수 있는 수준이었다.

"자세한 건 모르겠지만 아무래도 홈 어드밴티지가 작용한 것 같습니다."

"홈 어드밴티지?"

"2득점 후 무사 만루 상황에서 풀카운트 접전 끝에 연속 삼진이 나왔거든요."

"환장하겠군."

선동연 감독을 비롯해 한국 선수단은 미국의 승리를 기원했다.

일본 프로 리그 선수들로 중무장한 일본보다 마이너리그 선수들로 구성된 미국이 조금 더 할 만하다고 여겼기 때문이다.

미국이 일본을 잡고 한국이 미국을 잡는다면 한국과 일본 경기 결과에 따라 순위는 얼마든지 달라질 수 있었다.

하지만 일본이 미국을 잡아버린다면 한국이 미국을 잡더라도 일본에게 패배할 경우 메이저리거가 대거 합류하는 미국과 준결승전을 치러야 하는 최악의 상황을 맞이하게 될지 몰랐다.

"마운드 사정은 어때? 여유가 좀 있어?"

"그게…… 힘들어 보입니다. 승부치기까지 오지 않으려고 투수들을 쏟아부은 느낌이거든요."

전략 분석을 담당한 협회 직원의 예상대로 경기는 11 대 10, 일본의 역전승으로 끝이 났다.

11회 말 승리를 지키기 위해 올라온 마이너리그 투수 숀 캠브리지가 3번 타자 야마다 데스토에게 초구에 3점 홈런을 얻어맞으면서 승부를 다시 되돌릴 수 있는 기회조차 잡지 못했다.

"이렇게 된 이상 단 한 경기도 포기할 수 없겠어."

일본의 승리를 확인한 선동연 감독은 전승 전략으로 방향을 수정했다. 박건호를 대신해 에이스 역할을 수행 중인 양현중을 여차하면 일본전에 투입할 마음까지 먹었다.

그런데 3일째 경기에서 일본이 쿠바에게 4 대 3, 한 점 차로 패배하면서 상황이 변했다.

"한국이 3승으로 1위, 미국과 일본, 쿠바, 베네수엘라가 2승 1패로 공동 2위입니다."

"베네수엘라는 일단 빼놓고 한국과 쿠바, 일본 그리고 우리 미국까지 네 나라만 가지고 따져 보자고."

"일본이 쿠바에게 패배하긴 했지만 여전히 가장 강력한 우승 후보임에는 틀림없습니다. 하지만 경우에 따라서는 전략적인 판단을 내릴지도 모릅니다."

"전략적인 판단?"

"우리와 일본이 전승을 거둔다고 가정하면 7승 1패로 동률이 됩니다. 하지만 승자승 원칙에 따라 예선 1위는 우리 차지가 될 겁니다."

"그렇다면 일본이 2위가 될 테고, 한국이 3위가 될 가능성이 높은 건가?"

"시나리오대로라면 그렇습니다. 한국이 쿠바에 강한 편이니까요. 게다가 로테이션대로라면 쿠바전 선발 투수는 양입니다. 건이 없는 한국에서 유일하게 믿을 만한 투수죠."

"양의 데이터는 나도 봤어. 메이저리그에서 뛰어도 될 만한 수준의 선수더군."

"쿠바가 일본의 불펜진을 공략해 역전승을 거두긴 했습니다만 한국은 쉽지 않을 겁니다. 일본전을 봤을 테니 한국도 쿠바를 상대로 철저하게 분석하고 나올 테고요."

"결국 한국이 3위가 유력하다는 이야기인데……."

"네. 그럴 경우 한국과 일본이 4강전에서 만나게 됩니다.

우리에게는 최고의 결과이겠지만 일본에게는 최악의 결과
겠죠."

"그렇겠지. 우리도 감당하기 어려운 건을 상대해야 할 테
니까."

"솔직히 우리는 결승 진출이 목표지만 일본은 다릅니다. 무
슨 수를 써서라도 자국에서 열리는 올림픽에서 금메달을 목
에 걸고 싶을 겁니다. 이번 대회가 끝나면 한동안 올림픽 야
구를 보기 어려워질지도 모르니까요."

"그러니까 일본이 한국을 피하기 위해 승부를 조작할 수도
있다는 이야기야?"

"네. 그럴 가능성이 농후합니다. 한국과 쿠바의 경기 결과
를 지켜봐야겠지만 한국이 쿠바를 이길 경우에는 우리도 대
책이 필요하다고 생각합니다."

한일전이 마지막으로 밀리면서 한국은 5일째부터 쿠바, 미
국, 일본을 연속해서 상대해야 했다.

한국이 4일째 만나는 베네수엘라를 상대로 승리를 거두면
4승으로 결선 진출이 확정된다. 일본과 미국, 쿠바가 서로 물
고 물리는 상황이라 경우의 수를 따질 필요도 없었다.

중요한 건 한국의 최종 순위.

만약 한국이 남은 세 경기를 전부 패배한다면 본선 4위로

본선 1위 팀과 4강전을 치르게 된다. 일본의 패배 덕분에 1위를 바라볼 수 있게 된 미국으로서는 달갑지 않은 대진표였다.

반면 한국이 남은 세 경기를 전부 이기면 본선 1위로 결선에 올라가게 된다. 이 경우 본선 4위 팀이 한국의 결승행 재물이 될 가능성이 높았다.

"일본이 패배해서 좋아했더니 이제는 한국의 눈치를 보게 생겼군그래."

"한국도 일본 못지않게 야구에 대한 자존심이 높은 나라입니다. 가능하면 전승으로 올라갈 생각을 하고 있을 겁니다."

"우리에게 가장 좋은 시나리오는 뭐야?"

"한국이 쿠바를 이기고 우리가 한국을 잡는 겁니다. 그럴 경우 우리가 본선 1위가 되어 쿠바나 본선 4위로 올라온 나라를 4강전에서 상대할 수 있습니다."

"별로 가정하고 싶진 않지만 만에 하나 우리가 한국에게 지면 어떻게 되는 거야?"

"그땐 무조건 한국을 본선 1위로 올려야 합니다. 수단과 방법을 가리지 말고요."

미국 대표팀은 본선 1위로 결선에 오른다는 생각으로 경우의 수를 만들고 확률을 분석했다.

하지만 애석하게도 그 노력은 다음 날 쿠바에게 불의의 일격을 당하면서 헛수고로 변해 버렸다.

그린 마르티네즈 3점포! 쿠바, 일본에 이어 미국도 제압!

마무리 투수 킬러 그린 마르티네즈, 도쿄 올림픽 슈퍼 스타로 등극하다!

2017년 메이저리그행을 위해 쿠바를 탈출한 그린 마르티네즈는 쿠바 리그에서 신인왕에 오를 만큼 잠재력을 갖춘 선수였다. 비록 아직 메이저리그에 올라오진 못했지만 트리플 A에서 괴물 같은 실력을 뽐내며 차세대 거포로 주목받고 있었다.

그런 그린 마르티네즈가 쿠바 대표팀의 4번 타순에 배치되면서 쿠바의 전력은 눈에 띄게 달라졌다.

짜임새는 부족하지만 AAAA 수준의 선수(메이저리그와 트리플 A를 오가는 레벨)로 구성된 클린업 트리오가 돌아가며 장타를 터트리며 쿠바의 승리를 이끌고 있었다.

"쿠바의 상승세가 무서운데?"

"그러게 말이야. 여차하면 우리도 당하게 생겼어."

"선발은 현중이로 갈 거지?"

"그래야겠지. 이 상황에서 현중이 말고는 답도 없다고."

"이럴 때 건호가 있었으면 참 좋았을 텐데."

이선철 수석 코치가 혼잣말처럼 중얼거렸다. 만약 박건호를 쿠바전에 선발 등판시킬 수만 있다면 그린 마르티네즈가 아니라 쿠바가 메이저리그 선수를 총동원하더라도 겁날 게 없을 것 같았다.

"말해 뭐하겠어."

투수 출신인 선동연 감독은 대놓고 한숨을 내쉬었다.

양현중이 잘해주고 있긴 하지만 쿠바의 강타선을 생각한다면 내일 경기가 쉽지 않을 것 같았다.

그때였다.

"가, 감독님! 잠깐 나와 보셔야겠습니다."

협회 직원이 호들갑스럽게 선동연 감독을 찾았다.

"무슨 일입니까?"

"밖에 반가운 손님이 왔습니다."

"반가운 손님?"

선동연 감독과 이선철 코치는 혹시나 하는 마음에 호텔 밖으로 뛰쳐나갔다. 그럴 가능성은 낮겠지만 박건호가 한국 대표팀의 사정을 고려해 무리해서 도쿄로 날아왔을지도 모른다는 기대감이 든 것이다.

하지만 애석하게도 호텔 앞에 도착해 있는 건 박건호가 아니었다.

그럼에도 선동연 감독과 이선철 코치는 환한 미소로 손님을 맞았다. 박건호는 아니지만 박건호 못지않은 즉시 전력감이 대표팀에 합류했기 때문이다.

"승혁이, 네가 어쩐 일이냐?"

"좀이 쑤셔서요. 예정보다 좀 일찍 왔습니다."

"그래도 괜찮은 거야? 리그 일정은?"

"인터 리그라 다저스에서도 허락했습니다. 그렇지 않으면 건호가 올 분위기라서요."

안승혁이 웃으며 상황을 설명했다.

하지만 실제 다저스의 분위기는 안승혁의 이야기보다 훨씬 더 심각했다.

잠자코 한국의 결선행을 기다리던 박건호를 열 받게 만든 건 그린 마르티네즈였다.

"이 녀석, 몸값이 500만 달러가 넘잖아요. 그런데 어떻게 대표팀에 합류한 거예요?"

"그게 컵스와 계약할 때 특별 조항이 있었던 모양이더라고. 올림픽과 WBC 대표로 선발될 경우 선수가 원하면 허락하겠다는 내용이라던데 그것 때문에 말이 많은 상황이야."

"그래도 이건 아니죠. 500만 달러 이상은 결선에만 참가하도록 하자고 약속했으면 지켜야 하는 거 아니에요?"

"그렇긴 한데 그 약속이 있기 전에 먼저 컵스에서 출전을 허락해 버렸다고 하니까 메이저리그 사무국도 어쩔 수 없다는 모양이야."

"그럼 저도 상관없겠네요. 저 역시 국가대표 차출에 성실히 임하겠다고 약속했잖아요."

"건호야……."

"다들 편법을 쓰는데 저만 당하고 있을 수는 없는 거잖아요."

"흥분하지 말고 일단 기다려 봐. 내가 구단하고 이야기를 해볼 테니까."

브라이언 최는 알렉스 인터폴리스 부사장을 직접 만나 박건호의 심정을 전했다. 그리고 그 자리에서 안승혁의 대표팀 합류가 결정됐다.

당초 계획은 박건호와 함께 움직이는 것이었지만 500만 달러라는 연봉 제한에 포함되지 않는 만큼 한국 대표팀을 위해, 나아가 박건호를 달래기 위해 안승혁을 보내줄 필요가 있다고 판단한 것이다.

"어쨌든 잘 왔다. 네 덕분에 이제 숨 좀 쉬겠다."

선동연 감독은 그 자리에서 안승혁을 4번 타자로 기용하겠다는 뜻을 밝혔다. 가뜩이나 중심 타선이 헐거운 상황에서 안승혁이 중심을 잡아준다면 쿠바 대표팀을 상대로도 충분히 해볼 만하다고 여겼다.

그리고 그 예상은 정확하게 맞아떨어졌다.

─쳤습니다! 쭉쭉 넘어갑니다!

─아아, 이거 넘어간 것 같은데요!

─안승혁! 안승혁! 안승혁! 안승혀여여여역! 한국 대표팀의

돌아온 4번 타자 안승혁이 첫 타석부터 홈런포를 가동합니다!

　-역시 안승혁 선수네요. 박건호 선수야 메이저리그 사무국의 출전 제한에 따라오지 못한다고 하지만 안승혁 선수는 아니었거든요. 그래서 오매불망 안승혁 선수가 오기만을 기다렸는데 이렇게 하나 해주네요.

　-안승혁 선수 3루를 지나 홈을 밟습니다. 스코어 3 대 0. 한국 대표팀이 안승혁 선수의 쓰리런 홈런으로 경기를 리드해 나갑니다!

　시차 적응이 쉽지 않을 거란 예상과 달리 안승혁은 홈런 2개 포함 3안타 6타점을 쓸어 담으며 쿠바 대표팀의 기세를 꺾어버렸다.

　그린 마르티네즈를 비롯해 쿠바가 자랑하는 클린업 트리오가 5안타 2타점으로 분전했지만 안승혁의 불방망이와 고비 때마다 병살을 유도하며 실점을 최소화한 에이스 양현중의 호투가 조합된 한국 대표팀을 넘어서지 못했다.

　한국 5전 전승! 난적 쿠바 10 대 5로 제압!

　한국 쿠바 잡고 본선 풀리그 1위! 이제 남은 건 미국과 일본뿐!

한국이 5전 전승을 거두면서 순위 계산은 더욱 복잡해졌다.

4승 1패인 일본이 한국을 제치고 1위를 차지하기 위해서는 한국과의 최종전을 포함해 남은 2경기를 전부 잡아야 했다.

안승혁이 합류한 한국의 전력이 강해지긴 했지만 에이스 양현중 카드를 소진한 만큼 막판 뒤집기도 충분히 가능한 상황이었다.

반면 3승 2패로 밀린 미국은 1위가 현실적으로 불가능한 상태였다. 6일째 경기에서 한국을 잡는다 해도 달라질 건 없었다.

한국이 최종전에서 일본을 이기면 일본과 2, 3위를 두고 다퉈야 하고 한국이 패배하면 한국과 준결승에서 맞부딪칠 확률이 높았다.

"이제 어떻게 해야 하나?"

"지금은 한국 아니면 일본이라고 봐야 합니다."

"쿠바가 파트너가 될 가능성은 없겠지?"

"우리가 1위를 하지 못하는 한은 없습니다."

쿠바는 첫째 날과 둘째 날 네덜란드와 베네수엘라를 상대했다. 그리고 주전들의 컨디션 난조 속에 두 경기를 허망하게 내주고 말았다.

덕분에 쿠바는 미국과 일본을 잡고도 현재 2승 3패로 6위에 쳐져 있었다. 물론 남은 두 경기가 전력상 한 수 아래로 평가되는 도미니카 공화국과 캐나다인만큼 결선 진출 가능성은 베네수엘라나 도미니카 공화국보다 높은 편이었지만 그렇다 하더라도 미국과 4강에서 만날 일은 없어 보였다.

"그럼 어떻게 해야 하는 거야? 한국을 이기고 최종전 결과를 기다려야 해?"

"자존심이 먼저라면 그게 최선입니다."

"자존심이 아니라 실리를 따진다면?"

"한국전을 내주는 게 낫다고 봅니다."

"젠장할. 알아듣게 설명해 봐."

"일단 우리가 한국에 패배하면 3승 3패가 됩니다. 쿠바와 동률이죠. 쿠바와 우리가 마지막 경기를 잡는다고 가정하면 승자 승 원칙에 따라 우리가 4위가 됩니다."

"그렇게 되면 일본과 만나게 되겠군."

"네. 그편이 한국을 상대하는 것보다는 나을 겁니다."

미국은 쿠바가 도미니카 공화국과 캐나다를 잡을 것이라는 가정하에 새로 작전을 세웠다. 한국전을 포기한 뒤 네덜란드와 마지막 경기를 잡고 풀리그 4위로 결선에 진출하겠다는 계산이었다.

물론 일본도 같은 방법으로 한국에게 우승을 양보할 가능성도 배제할 수는 없었다.

하지만 자국에서 열리는 올림픽에서 자국민들이 지켜보는 가운데 라이벌인 한국에게 고의로 지는 일은 없을 것이라고 판단했다.

　덕분에 한국은 미국을 상대로 수월한 승리를 거두고 전승 행진을 이어 나갔다. 같은 날 일본과 쿠바, 베네수엘라가 승리를 거두며 4강 대진에 어느 정도 윤곽이 드러났다.

　　1위 한국 6승

　　2위 일본 5승 1패

　　3위 쿠바 3승 3패

　　3위 미국 3승 3패

　　3위 도미니카 공화국 3승 3패

　　7위 베네수엘라 2승 4패

　　7위 네덜란드 2승 4패

　　8위 캐나다 6패

　쿠바와 미국, 도미니카 공화국이 3승 3패로 공동 3위를 유지하고 있었지만 전문가들은 쿠바와 미국이 결선에 올라갈 것이라고 내다봤다.

　"도미니카 공화국은 미국을 상대해야 합니다. 그리고 쿠바는 캐나다를 상대합니다. 베네수엘라가 네덜란드를 상대로 승리를 거둔다 해도 쿠바, 미국이 승리를 거두면 4강에 진출하기 어렵습니다. 도미니카 공화국이 미국을 잡는 반전을 만들어낸다면 또 모르겠지만 그럴 가능성은 현재로써는 희박해 보입니다."

"이대로 순위가 굳어진다면 한국과 미국의 싸움이 될 텐데요. 일본이 마지막 날 1위를 차지할 수 있을지 지켜봐야 할 것 같습니다."

일본 대표팀은 한국을 잡고 기필코 본선 1위로 결선에 오르겠다며 의욕을 불태웠다. 그럴 경우 4강에서 미국과 맞붙을 가능성이 높았지만 박건호가 대기 중인 한국을 상대하는 것보다는 백번 낫다고 여겼다.

"어차피 한국은 안승혁만 막으면 됩니다. 선발 박세운의 컨디션이 좋지 않다고 하니 5회 이전에 결판이 날 것 같습니다."

7일째 풀리그 마지막 경기는 승부 담합을 막기 위해 4개의 경기장에서 동시에 치러졌다.

한국은 일본의 경기는 도쿄 돔에서 열렸다. 수많은 일본 관중들이 들어찬 경기장은 일방적인 응원의 목소리로 뒤덮여 있었다.

"후우…… . 살벌한데?"

"그러게. 오늘 이기면 호텔까지 편히 가진 못할 것 같다."

젊은 선수들로 구성된 한국 대표팀 선수들은 자신들도 모르게 주눅이 들었다. 12년 만에 열린 올림픽 야구에서 다시 한 번 전승 우승을 한다면 좋겠지만 그때와 지금은 상황이 많이 달라 보였다.

하지만 안승혁은 달랐다. 관중석 어딘가에 박지은이 친구들과 응원을 와 있다는 사실만으로도 기합이 단단히 들어가 있었다.

"우리 지은이가 친구들한테 망신당하면 안 되지, 암. 내가 딱 하고 홈런을 쳐야 우리 지은이도 저 오빠가 내 남자 친구야, 하고 당당히 소개할 테니까. 정신 바짝 차리자, 안승혁. 지은이가 보고 있다. 무조건 잘해야 해. 무조건."

야구는 멘탈 스포츠였다. 심리적으로 긴장하고 위축되면 제 실력을 내기가 어려웠다.

하지만 모든 이가 다 그런 것은 아니었다. 박건호나 안승혁은 오히려 극한 상황을 즐기는 스타일이었다.

1회 초.

한국 대표팀은 일본 선발 센다 코가이가 구심의 볼 판정에 흔들리는 틈을 노려 무사 1, 3루의 기회를 잡았다. 미국 출신 구심들이 이상하리만치 낮은 공을 잡아주지 않으면서 한국에 유리한 그림이 그려진 것이다.

"좋았어!"

일본전에서는 한 타석이라도 빨리 들어서는 게 좋다는 선동연 감독의 판단으로 3번에 배치된 안승혁은 이 기회를 놓치지 않았다.

후앗!

초구에 센다 코가이의 공이 몸 쪽으로 몰리듯 들어오자.

따악!

기다렸다는 듯이 잡아당겨 도쿄 돔 오른쪽 담장을 넘겨 버렸다.

ㅡ안승혁입니다! 안승혁이 또다시 해냅니다!

ㅡ안승혁 선수, 정말 대단합니다.

ㅡ이거 박건호 선수 안 와도 될 거 같은데요?

해설진의 극찬 속에 안승혁은 당당히 그라운드를 돌아 홈을 밟았다. 그리고 사전에 확인한 박지은과 친구들을 향해 하트 세리머니를 날리며 확실히 점수를 땄다.

안승혁이 초반부터 점수를 내주자 선동연 감독도 작심하고 마운드를 운영했다.

4회 말.

잘 던지던 박세운이 흔들리자 곧바로 선발 요원이었던 정현식을 올렸다. 그리고 정현식이 6회 말 무사 1, 2루 위기를 맞자 다시 엄기영을 호출해 불을 껐다.

일본도 선발 센다 코가이를 3회에 강판시키는 강수를 두며 경기 분위기를 바꾸려 애를 썼다. 당초 계획대로 안승혁은 철저하게 볼넷으로 거르며 실점을 사전에 차단했다.

하지만 1회 초 3실점을 극복하지 못한 채 결국 한국의 풀리그 1위를 지켜볼 수밖에 없었다.

최종 스코어 3 대 2.

안승혁의 한방과 선동연 감독의 퀵 후크가 빚어낸 합작품이었다.

"괜찮아. 쿠바를 잡고 올라가면 되는 거지 뭐."

"그래. 한국은 결승에서 다시 꺾으면 그만이라고."

일본의 역전 1위를 기대했던 관중들은 애써 아쉬움을 삼켰다. 한국에게 1위를 내주긴 했지만 4강 대진은 좋았다. 한국과 미국을 전부 피하게 됐으니 딱히 손해라고 보기도 어려웠다.

그러나 도깨비 팀 쿠바가 9회 말 불펜진의 방화로 최하위 캐나다에게 일격을 허용하면서 4강 대진은 다시 한번 꼬여버렸다.

3승 4패로 베네수엘라, 도미니카 공화국과 경우의 수를 따지게 된 쿠바는 우여곡절 끝에 본선 막차를 타면서 결과적으로 전문가들이 예상하는 결선 진출국 자체는 달라지지 않았다.

하지만 3위가 유력했던 쿠바가 4위로 내려앉으며 대진표 자체가 180도 달라졌다.

4강전

제1경기 한국(7승, 1위) 대 쿠바(3승 4패, 4위)

제2경기 미국(4승 3패, 3위) 대 일본(5승 2패, 2위)

미국에게도 일본에게도 달갑지 않은 결과였다.

"이렇게 된 이상 기필코 결승에 올라가야 합니다."

"에이스 카드를 아낄 때가 아닙니다. 지면 끝입니다."

일본은 예상대로 오타니 쇼헤 카드를 꺼내 들었다. 결승전까지 아껴두기에는 메이저리그 선수들로 중무장한 미국 대표팀이 만만치가 않았다.

미국 대표팀은 우완 마크 스트로먼이 선발로 나왔다. 오타니 쇼헤에 비해서는 이름값이 떨어지지만 타선이 강화된 만큼 승산은 충분하다고 판단했다.

선발 투수가 발표된 직후 세계 도박 사이트는 일본의 우세를 점쳤다.

마크 스트로먼도 좋은 투수이긴 하지만 오타니 쇼헤는 한 수 위의 투수였다. 비록 박건호에게 밀려 아시아 최고 투수라는 타이틀을 빼앗겼다고 해서 그 실력까지 사라지는 건 결코 아니었다.

도박사들의 예상대로 오타니 쇼헤는 1회부터 164㎞/h의 불같은 강속구를 내던지며 미국 대표팀 타자들을 윽박질렀다.

미국 대표팀 타자들은 5회까지 오타니 쇼헤를 상대로 단 하나의 안타도 때려내지 못했다. 메이저리그에서도 최고 레벨로 분류되는 투수가 확실한 동기까지 가질 경우 얼마나 무서워지는지를 혹독하게 겪어야 했다.

그사이 일본 대표팀은 마크 스트로먼을 공략해 차근차근 점수를 뽑아냈다. 2회에 상대 실책과 볼넷, 안타를 묶어 한 점. 4회에 2루타와 희생 번트, 희생 플라이를 묶어 또 한 점. 마크 스트로먼도 최선을 다했지만 일본 대표팀의 조직력을 막아내기란 역부족이었다.

오히려 6회 말, 클린업 같은 2번 타자 사키모토 하야토에게 홈런을 얻어맞고 경기 분위기를 완전히 일본 쪽에 넘겨주고 말았다.

4 대 0.

중반을 지나 종반으로 향하는 시점에서 분명 부담스러운 점수 차이였다.

하지만 호투하던 오타니 쇼헤가 8회 초, 아웃 카운트 하나를 남겨두고 검지에 물집이 잡히며 마운드에서 내려올 수밖에 없었다.

그러면서 상황이 달라졌다.

따악!

급작스럽게 올라온 히라노 요시히라가 작 피터슨에게 던진 초구가 한복판으로 몰리고, 작 피터슨이 그 공을 기다렸다는 듯이 잡아당겨 오른쪽 담장을 넘기면서 미국 대표팀이 살아나기 시작한 것이다.

미국 대표팀 타자들은 8회에만 3점을 쫓아간 데 이어 9회에 다시 3점을 뽑아내며 경기를 뒤집었다.

일본 대표팀 타자들이 9회 말 극적으로 2점을 쥐어 짜내며 승부를 연장으로 끌고 갔지만 발동이 걸린 미국 대표팀 타자들이 10회 초에만 3개의 홈런을 쏘아 올리며 일본의 추격을 멀찌감치 따돌려 버렸다.

투구를 마친 오타니 쇼헤가 멍한 표정으로 그라운드를 바라보는 가운데 10회 말 마지막 아웃 카운트가 올라갔다.

최종 스코어 10 대 7.

한국을 재물 삼아 안방에서 올림픽 야구 우승을 이뤄내겠다던 일본 대표팀의 염원은 그렇게 수포로 돌아갔다.

극적인 역전승을 거둔 미국 대표팀 타자들은 마치 우승이라도 한 것처럼 얼싸안고 기뻐했다.

하지만 요코하마 쪽 소식을 전해 들은 미국의 코칭스테프는 차마 웃지 못했다.

"그게 무슨 소리야? 건이 선발 등판하지 않았다니?"

"건의 컨디션이 별로 좋지 않았던 것 같습니다."

"지난번 건의 등판이 언제였지?"

"사흘 전입니다. 에인절스전에 등판해 3피안타 완봉승을 거두었습니다."

"투구 수는?"

"100구가 안 됐던 것으로 알고 있습니다."

"그렇다면 체력 문제는 아냐. 건은 괴물이라고. 100구 이하로 던진 경기라면 오늘 등판해도 문제없었을 거라고."

"그렇다면 왜 안 나온 걸까요?"

"젠장! 그걸 내가 어떻게 알아? 지금 상황은 어때? 누가 이기고 있어?"

"3 대 3 동점 상황에서 지금 승부치기에 들어갔습니다."

"승부치기? 누가 선공이야?"

"한국이 선공입니다. 그리고 아롤디르 채프먼이 마운드를 지키고 있습니다."

"채프먼? 후우……. 그렇다면 됐어. 한국도 쉽게 점수를 뽑진 못하겠지."

미국 대표팀 짐 랜드 감독은 가슴을 쓸어내렸다.

30대에 접어들면서 다소 기복이 심해지긴 했지만 아롤디르 채프먼은 메이저리그 최고의 마무리 투수 중 한 명이었다. 160㎞/h를 넘나드는 포심 패스트볼은 여전히 명품으로 불리고 있었다.

짐 랜드 감독은 무사 1, 2루에 주자를 두고 시작하는 승부치기라 해도 상대가 아롤디르 채프먼이면 점수를 내기가 쉽지 않을 거라 여겼다.

그러나 그 안도감은 채 10분도 지나지 않아 깨져버렸다.

"하, 한국이 점수를 냈습니다!"

"뭐야? 어떻게?"

"안을 거르고 만루 작전을 썼는데 박이 적시타를 때렸습니다."

2타점 적시타의 주인공은 미네소타를 거쳐 한국으로 복귀한 박병오였다. 아롤디르 채프먼의 초구에 반응했는데 타구가 운 좋게 2루수와 우익수 사이에 떨어지면서 두 명의 주자가 홈을 밟은 것이다.

"젠장! 괜찮아. 더 이상 실점만 하지 않으면 돼. 두 점 정도는 쿠바도 따라잡을 수 있다고."

짐 랜드 감독은 애써 마음을 다잡았다. 그의 바람대로 아롤디르 채프먼은 세 타자를 연속 삼진으로 돌려세우고는 씩씩거리며 마운드를 내려갔다.

그러나 뒤이어 들려 온 소식은 한국의 탈락을 기대하던 짐 랜드 감독의 표정을 와락 일그러뜨렸다.

"가, 감독님!"

"또 뭐야? 무슨 일인데?"

"건입니다! 건이 나왔습니다."

"젠장할! 이 상황에서 왜 건이 나오는 거야!"

컨디션 난조일 거란 추측과 달리 박건호는 10회 말 쿠바 대표팀의 공격을 단 4분 만에 끝내고 한국의 올림픽 결승행을 이끌었다.

세 타자를 상대로 던진 공은 단 아홉 개.

최고 구속은 170㎞/h였다.

안승혁이 합류하기 전까지 올림픽 최고의 스타였던 그린 마르티네즈는 박건호의 공에 반응조차 못 하고 루킹 삼진으로 물러났다. 뒤이어 타석에 들어선 호세 아브레라와 야르엘 푸이그 시차 적응이 안 된 듯 헛스윙만 해댔다.

슈퍼 에이스 박건호! 1이닝 퍼펙트 피칭으로 한국의 결승행 견인!

선동연 감독의 한 수가 통했다! 박건호 구원 등판 승! 결승전 선발 등판 이상 무!

한국 언론은 앞다투어 박건호의 호투 소식을 전했다. 아울러 박건호를 아끼고 준결승전을 승리로 이끈 선동연 감독의 결단에도 찬사를 보냈다.

"다 선수들이 잘해준 덕분입니다."

선동연 감독은 모든 공을 선수들에게 돌렸다. 박건호가 구

원 등판한 이유를 묻는 기자들의 질문에는 결승전을 위한 포석이었다는 말로 둘러댔다.

그러나 실제 박건호가 선발 등판을 하지 않았던 이유는 따로 있었다. 메이저리그 사무국에서 박건호를 혹사시켜서는 안 된다는 공문을 보내왔기 때문이다.

특별히 박건호를 겨냥한 건 아니었다. 박건호가 사흘 전에 메이저리그 경기에 등판한 만큼 선수 보호 차원에서 박건호의 투구 수를 조정해 달라는 합리적인 요청을 했을 뿐이다.

하지만 박건호의 활용 방안을 두고 고민하고 있던 선동연 감독에게는 상당한 압박이 될 수밖에 없었다.

"이렇게 된 거 결승전으로 돌리는 게 좋겠어."

"그러다 쿠바한테 지면 어쩌려고?"

"우리 선수들을 믿어야지. 그렇다고 사흘 전에 완투한 건호를 무리해서 등판시킬 수는 없잖아. 안 그래?"

선동연 감독은 패배에 대한 비난을 감수하고 양현중을 선발로 올렸다.

결승전에 컨디션을 맞췄던 양현중은 초반에 잠시 흔들렸지만 쿠바의 강타선을 6이닝 2실점으로 틀어막고 결승행의 초석을 다졌다.

이후 불펜진들이 3이닝을 1실점으로 버틴 가운데 승부치기가 시작되자 박건호는 선동연 감독을 찾아가 몸을 풀겠다고 말했다.

"감독님, 제가 불펜 피칭을 깜빡했는데요."

"안 돼. 이 녀석아."

"딱 10개만 던질게요. 10개 넘어가면 바로 바꾸셔도 좋아요."

"좋아. 그럼 딱 10개다."

어렵사리 선동연 감독의 허락을 받아낸 박건호는 10개보다 하나가 적은 9개의 공으로 이닝을 끝마치고 한국 대표팀의 결승행을 완성시켰다.

그리고 하루를 푹 쉰 뒤에 미국과의 결승전이 펼쳐질 도쿄 돔 마운드에 올랐다.

일본이 4강전에서 아쉽게 탈락했지만 도쿄 돔은 수많은 관중이 들어차 있었다.

세계 최강이라는 미국과 세계 최고라는 박건호가 맞붙는 경기였다.

야구팬이라면 결코 놓칠 수가 없는 빅 매치였다.

경기 전 메이저리그 사무국은 이틀 만에 선발로 등판하는 박건호의 투구 수를 엄격하게 제안해 줄 것을 한국 대표팀에 요청했다.

불펜 피칭 차원이었다 하더라도 박건호는 170㎞/h의 공을 4개나 던졌다. 80퍼센트 수준으로 던지는 불펜 피칭이라고 보기 어려운, 전력에 가까운 투구였다.

"건호야, 아무래도 100구 이상은 힘들 것 같다."

선동연 감독은 내부 회의 끝에 박건호의 투구 수를 100구로 정했다.

이닝 당 투구 수를 15구 정도로 잡았을 때 6이닝에서 7이닝 사이.

박건호가 내려간 이후에는 불펜을 총동원해 버틸 생각이었다.

그러나 메이저리그에서 이닝당 투구 수가 10구 정도에 불과한 박건호에게 100구는 충분히 여유로운 숫자였다.

"100구면 충분합니다."

박건호는 당당하게 마운드에 올랐다.

그리고 선두 타자로 나온 작 피터슨을 상대로 초구부터 168km/h의 몸 쪽 포심 패스트볼을 꽂아 넣으며 투지를 불태웠다.

"후우······. 저 녀석, 진심이야."

박건호의 초구를 지켜본 작 피터슨은 고개를 절레절레 흔들었다. 같은 다저스 소속인 만큼 그래도 조금은 사정을 봐줄 줄 알았건만 박건호는 예나 지금이나 똑같았다.

적으로 만난 상대에게는 일말의 배려조차 없었다.

"이렇게 된 거 투구 수라도 늘려야겠어."

작 피터슨은 방망이를 짧게 고쳐 쥐었다. 박건호를 상대로 정타를 노린다는 건 메이저리그 톱클래스 타자에게도 어려운 일이었다. 그렇다면 일본을 격파했던 것처럼 박건호가 내려간 다음을 노리는 수밖에 없었다.

그러나 한껏 기세를 끌어 올린 박건호의 공은 방망이를 짧게 잡는다고 건드릴 수 있는 게 아니었다.

펑!

퍼엉!

순식간에 스트라이크존을 꿰뚫고 사라진 새하얀 공을 바라보며 작 피터슨은 땅이 꺼져라 한숨을 내쉬었다.

그리고 더그아웃을 향해 힘없이 고개를 돌렸다.

"뭐 하는 거야? 같은 팀이라고 봐주는 거야?"

선두 타자로 나선 작 피터슨이 힘 한 번 써보지 못하고 물러나자 짐 랜드 감독이 불같이 화를 냈다.

박건호가 메이저리그 최고의 투수라는 걸 모르지 않지만 초반 기 싸움에서 밀리면 후반을 노린다는 계획마저 수포로 돌아갈지 몰랐다.

"전 세계가 이 경기를 지켜보고 있다고! 그러니 다들 정신 바짝 차려! 언제까지 건에게 당하고만 있을 거야?"

짐 랜드 감독의 독려 속에 미국 대표팀 타자들은 차례대로 타석에 들어섰다.

하지만 애석하게도 그들 중 누구도 박건호의 공을 방망이

중심에 맞히지 못했다. 평소와 달리 칠 테면 쳐 보라고 덤벼
드는 박건호의 기세에 완전히 눌려 버린 것이다.

그렇게 박건호는 9회까지 단 한 하나의 안타도 내주지 않고
경기를 끝마쳤다.

9이닝 무피안타 무사사구 무실점 퍼펙트 피칭.

야구사에 길이 남을 경이로운 대기록과 함께 도쿄 올림픽
야구는 그렇게 끝이 났다.

3

한국을 우승으로 이끈 박건호는 기자회견도 마다하고 곧장
전용기를 타고 미국으로 돌아왔다. 그리고 나흘간 휴식을 취
한 뒤 자이언츠와의 홈경기에 선발 등판해 8이닝 무실점 호투
로 에이스의 복귀를 알렸다.

박건호가 올림픽 후유증 없이 선발 로테이션에 합류하면서
다저스는 별다른 어려움 없이 지구 우승을 확정 지었다. 그리
고 지구 최강의 원투펀치, 박건호와 슬레이튼 커쇼를 앞세워
다시 한번 월드시리즈를 제패했다.

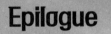

Epilogue

1

　메이저리그 전문가들은 2021년이 박건호에게 혹독한 한 해가 될 것이라고 경고했다.

　투구 이닝이 많은 데다가 연이은 국제 대회 참가로 휴식 시간이 턱없이 부족했던 만큼 체력적인 한계에 부딪힐 가능성이 높다고 전망한 것이다.

　다저스 팬들은 유난히 금실이 좋은 박건호가 다른 이유로 체력이 방전될 것이라고 걱정했다.

　하지만 2021년에도 박건호의 호투는 계속됐다. 2020년처럼 잠시 주춤하는 모습조차 보이지 않고 올스타 브레이크 전까지 전승을 거두며 다저스의 역대 최고 승률을 이끌었다.

"건은 정말 대단한 선수입니다. 이런 선수와 한 시대에 살고 있다는 게 그저 꿈만 같네요."

"앞으로 건에 대한 질문은 사절입니다. 건은 제가 감당할 수 있는 선수가 아닙니다. 건은…… 정말 모르겠어요."

"야구 역사상 가장 위대한 선수를 한 명 뽑으라면 전 주저하지 않고 건을 뽑을 겁니다. 절 비난해도 상관없어요. 전 지금껏 건처럼 위대한 선수는 보지 못했으니까요."

언론은 하루가 멀다고 박건호를 향해 극찬을 쏟아냈다. 메이저리그 여러 감독과 선수들조차 박건호를 수준이 다른 선수로 분류할 정도였다.

박건호의 호투 속에 다저스의 매출은 가파르게 상승했다. 시즌 티켓은 불티나게 팔렸고 광고 문의도 끊이지 않았다.

선수단의 분위기도 좋았다. 다들 박건호와 함께 다저스 왕조의 일원이 되기 위해 노력했다. 그리고 결과가 다저스를 연승 행진으로 이끌었다.

그야말로 모든 게 완벽해 보였다.

하지만 구단 관계자들은 좀처럼 마음을 놓지 못했다.

"건의 에이전트는? 아직이야?"

"네. 조금 더 생각해 보겠다는 말뿐입니다."

"제길. 대체 언제까지 생각하겠다는 거야?"

"혹시 저희 제안이 마음에 들지 않는 게 아닐까요?"

"누가 그걸 몰라? 뭐가 얼마나 마음에 들지 않는지를 알아야 수정안을 제안할 거 아냐!"

"그냥 눈 딱 감고 지르는 게 어떨까요?"

"그리고 난 다음에는? 이사들에게는 자네가 가서 해명할 생각이야?"

"그, 그야……."

"후우……. 내가 이런 걸 비서로 두고 있다니……."

알렉스 인터폴리스 부사장은 쉽지 않은 계약 논의에 피가 마를 지경이었다. 세런 테일러라도 옆에 있다면 좋았겠지만 그녀는 능력을 인정받아 마케팅 책임자로 자리를 옮긴 터라 도움을 받을 수조차 없었다.

그렇다고 시즌에 집중하겠다는 박건호를 찾아가서 계약을 연장하자고 조를 수도 없는 노릇이었다.

"설마 다른 구단들이 장난치고 있는 건 아니겠지?"

"대놓고 계약을 제안하지는 못할 겁니다. 하지만 건이 계약하지 않길 기다리는 구단들은 많겠죠."

"후우……."

시즌 종료가 가까워질수록 알렉스 인터폴리스 부사장의 한숨은 늘었다. 이대로 박건호가 재계약을 거부하기라도 한다면 지금껏 이뤄놓았던 모든 게 송두리째 날아갈지도 몰랐다.

"제길. 이렇게 죽을 수는 없지."

자이언츠와의 시즌 마지막 4연전. 두 번째 경기에 등판한 박건호가 9이닝 무실점 완봉승을 거두자 알렉스 인터폴리스 부사장도 더는 참지 못했다.

"계약서 가져 와!"

"금액을 올리시게요?"

"오늘 경기를 보고도 그런 소리가 나와?"

알렉스 인터폴리스 부사장은 8년이었던 계약 기간을 7년으로 고쳤다. 5년째에 옵트 아웃도 추가했다. 그러고는 3억 5천만 달러라는 총액을 한참 동안 바라보다 펜을 내려놓았다.

7년에 3억 5천만 달러.

연평균 5천만 달러에 달하는 어마어마한 조건이었지만 이 정도는 써야 박건호가 움직일 것 같았다.

새 제안을 받은 데이비드 최는 여느 때처럼 검토해 보겠다는 말로 시간을 끌었다.

그리고 박건호의 생에 4번째 MVP 수상식 때 박건호의 입을 통해 제안에 대한 답을 주었다.

"다저스의 일원으로서 다시 한번 이 상을 받게 되어 너무나 영광스럽습니다. 이제 본즈의 기록과 나란히 서게 됐는데요. 내년에도 다저스 소속으로 이 상을 받았으면 좋겠습니다."

"그 말은…… 다저스와 재계약을 하겠다는 이야기인가요?"

"당연하죠. 저는 다저스를 떠날 생각을 단 한 순간도 해본 적이 없으니까요."

MVP 시상식에 참석했던 알렉스 인터폴리스 부사장은 박건호의 말이 끝나기가 무섭게 단상으로 뛰어올라 박건호를 끌어안았다.

그리고 그 장면은 다저스 구단 역사상 최고의 순간으로 기억됐다.

The End

쥐뿔도 없는 회귀

목마 퓨전판타지 장편소

불친절하기 짝이 없는 이세계 '에리아'.
그곳에 소환된 '이성민'.

13년의 생활 끝에 죽음을 맞이한 그에게
또 한 번의 기회가 주어졌다.

재능이 없다.
그러나 그에겐 13년의 기억이 있다.

우연처럼 엮인 필연이, 그리고 목적이
그를 앞으로, 더 높은 곳으로 나아가게 한다.

이성민은 무엇을 바라였는가.
무엇이 되고 싶었는가.

"나는 다시 살아가 보고 싶다.
전생보다 나은 삶을."